Schneider Buch zum Träumen

MIRIAM LYNCH

Es war nur der Wind ...

Romantik-Thriller

Hauptpersonen dieses Romans

Amanda Willet	Schülerin
Henry Willet	Amandas Vater
Madame Solange Bonheur	Henry Willets Stiefmutter, (Amandas Großmutter)
Carla Bonheur	Madame Bonheurs Enkelin
Rick und Ellen Stanton	Geschwister, Cousin und Cousine von Amanda

1

In Henry Willets Arbeitszimmer war es warm an diesem Spätsommernachmittag, doch Amanda, seine hübsche achtzehnjährige Tochter, durchlief ein Frösteln, als die Erinnerung an den Tag vor acht Jahren sie überkam. Sie sah alles wieder vor sich: die Ferien, die ein so tragisches Ende genommen hatten, das entsetzliche Drama, in das Rick und Ellen Stanton und natürlich Carla verwickelt waren – Carla vor allem.

Der Gedanke, nach Lake Falls und in Großmamas große, häßliche Villa mit ihren Türmen und Türmchen und den zahlreichen Fenstern zurückzukehren, erfüllte Amanda mit bösen Vorahnungen. Sie schauderte leicht, und ihr Vater, ein feinfühliger, gütiger Mann, stand von seinem Schreibtisch auf und nahm ihre Hand.

„Es ist das letzte Mal", erklärte er. „Wenn die Sache mit Großmamas Testament geregelt ist, mußt du nie wieder dorthin. Und das Geld kommt uns sehr gelegen."

Er hüstelte entschuldigend. „In zwei Wochen gehst du aufs College, und dann ist alles überstanden. Tut mir leid, daß ich dich nicht besser unterstützen kann, aber du weißt ja, wie schlecht das Geschäft geht."

Sie wußte es nur zu gut. Henry Willets Drugstore war ein blühendes Geschäft gewesen, als er es vor zwanzig Jahren von seinem Vater geerbt hatte. Aber es war ständig bergab gegangen. Die Leute kauften in den billigen Kettenläden oder in den Einkaufszentren, wo alles bequem zur Hand war. Amanda und ihr Vater, die zu zweit in einem viel zu großen Haus lebten, kamen knapp zurecht.

Was immer Großmama Bonheur Amanda hinterlassen hatte, sie konnten es gut gebrauchen. Gesetzlich hatte sie keine Ansprüche, denn Madame Solange Bonheur war Henry Willets Stiefmutter gewesen, und auch Rick und Ellen Stanton waren eigentlich nicht erbberechtigt; sie waren keine nahen Verwandten, sondern die Enkelkinder einer verstorbenen Cousine.

Es gab so vieles, was Amanda nicht verstand. „Warum wollte Großmama unbedingt, daß das Testament erst ein Jahr nach ihrem Tod verlesen wird? Und warum ausgerechnet dort – im Musikzimmer ihrer alten Villa?"

Ihr Vater zuckte die Achseln. „Sie war eine verschrobene alte Frau ... Jeder kann, glaube ich, bestimmen, wo und wann sein Testament verlesen wird. Vielleicht wollte sie Carla Zeit lassen, zurückzukommen und ihren Anteil am Nachlaß zu übernehmen."

Er sah Amanda eindringlich an. „Magst du darüber sprechen? Du hast mir zwar vor acht Jahren die ganze

Geschichte erzählt, aber vielleicht hilft es dir, wenn du noch einmal ganz von vorn anfängst, als wäre ich ein Fremder, der noch nie etwas davon gehört hat. Nur zu, es tut dir bestimmt gut, dir alles von der Seele zu reden, bevor du wieder nach Lake Falls gehst."

Daraufhin holte sie tief Luft und erzählte ihm alles, was ihr einfiel aus jenen sonnigen Tagen am See, als sie alle unter dem Regiment der herrischen Französin Madame Solange Bonheur standen. Ihre jährlichen Einladungen, den Sommer bei ihr zu verbringen, waren eigentlich mehr Befehle. Sie war die strenge, alte *grande dame*, die aus einem unerfindlichen Grund gern junge Menschen um sich hatte und sich dann meistens gar nicht um sie kümmerte.

Carla war in jenem Sommer sechzehn gewesen, eine frühreife Sechzehnjährige, die sich langweilte und bei den Spielen der jüngeren Kinder nicht mitmachen mochte, sich aber Ricks sklavische Ergebenheit gern gefallen ließ. Er war vierzehn und bis über beide Ohren verliebt. In seinen Augen konnte Carla nichts Unrechtes tun, auch nicht, wenn sie seine zehnjährige Schwester Ellen quälte und Amanda mit oft grausamen Streichen das Leben verbitterte.

„Und sie war – ach, ich weiß nicht, wie ich es ausdrükken soll", sagte Amanda zu ihrem Vater. „Egal, was los war, sie mußte immer im Mittelpunkt stehen."

Wenn sie im Musikzimmer im ersten Stockwerk der

Villa Theater gespielt hatten, war Carla immer der Star des Stückes und meistens auch die einzige Darstellerin gewesen. Sie besaß ein mäßiges Talent zum Singen und Tanzen und konnte ein bißchen Klavier spielen. Die schauspielerischen Fähigkeiten der anderen interessierten sie nicht. Ellen und Amanda hatten die Aufgabe, sie zu kostümieren und das provisorische Bühnenbild aufzubauen. Rick war der ideale Zuschauer, kritiklos begeistert von allem, was Carla tat.

„Großmama hat Carla immer vorgezogen", fuhr Amanda fort. „Das war wohl natürlich, weil sie mit ihr blutsverwandt war und wir anderen nicht. Und Matilde Gerard ..." Sie erinnerte sich an die Haushälterin mit dem harten Gesicht. „Zu Rick, Ellen und zu mir war sie mürrisch und launisch, aber zu Carla nie – ihr Charme hat die Leute anscheinend blind gemacht für ihr wahres Wesen. Und ich glaube", hier machte Amanda ein gequältes Gesicht, „daß Carla einen Freund hatte. Manchmal ist sie nachts hinausgeschlichen und erst sehr spät wiedergekommen."

Ihre bernsteinfarbenen Augen verdüsterten sich. Sie bekam einen nachdenklichen Blick und wählte ihre Worte sorgsam, als bemühe sie sich, gerecht zu sein.

„Ich weiß, sie muß sich tödlich gelangweilt haben, weil sie nur mit uns Kindern zusammen war. Sie hat sogar mit Rick die Geduld verloren und war seine ständige Gegenwart leid. Deshalb hat sie wohl auch ..."

Ihre Augen spiegelten den Schmerz wider, doch das nahm ihr nichts von ihrer eigenwilligen unaufdringlichen Schönheit. Ihre Haare waren von ungewöhnlichem Kognakbraun, das sie nicht mochte, und deshalb ließ sie es einfach lose herunterhängen. Sie hatte lange seidige Wimpern und einen sanften, hübschen Mund, der sich jedoch zu einer straffen Linie verengen konnte, wenn sie bekümmert war wie jetzt.

„Auf Ellen und mich hatte sie es besonders abgesehen. Und für Ellen war es besonders schlimm, weil sie – wie soll ich sagen? – so verletzlich war. Sie schlug nie zurück, sondern ließ sich alles widerspruchslos gefallen. Sie war auch sonst ziemlich ängstlich. Sie watete nur im See und wollte nicht mal versuchen, schwimmen zu lernen. Und schon gar nicht in einem Boot rausfahren. Oder mit Carla und Rick am Stauwehr angeln gehen. Deshalb war es ja so unsinnig, was sie tat, als sie vom Bootssteg geschubst wurde – sie entwirrte nämlich Carlas Angelschnüre! Sie beugte sich vornüber –"

Bei der Erinnerung an das Entsetzen brach Amandas Stimme für einen Moment. Dann holte sie tief Luft und fuhr fort: „Als Ellen sich bückte, kam Carla und schubste sie über den Steg. Eine Minute lang konnte ich mich nicht rühren, aber schließlich besann ich mich, schleuderte meine Schuhe von mir und sprang hinterher. Sie strampelte und schlug um sich, und dann kam Rick und half mir. Carla erzählte ihm, Ellen sei von selbst ins Wasser gefallen, und er glaubte ihr."

Amanda war damals zu jung gewesen, um sich zu verlieben. Rick war ihr Kamerad, den sie bewunderte, doch seine Blindheit, wenn es um Carla ging, hatte ihr weh getan und schmerzte noch heute.

„Sie wußte, daß ich alles gesehen hatte, und drohte mir mit Schlägen, wenn ich Madame die Wahrheit über den ‚Unfall' erzählte. Aber Großmama hatte in einem Turmzimmer am Fenster gestanden, von wo aus man den See überblicken kann, und alles mit angesehen. Niemand hat erfahren, was sie zu Carla gesagt oder was sich zwischen den beiden abgespielt hat, aber an diesem Abend ist Carla weggegangen, und soviel ich weiß, hat man seitdem nichts mehr von ihr gesehen oder gehört."

„Das stimmt." Henry Willet nickte. „Als ich vor einem Jahr bei Madames Begräbnis war, habe ich mit Roger Platt, Carlas Anwalt, gesprochen."

Er deutete auf den Brief, der auf seinem Schreibtisch lag. „Das ist der Mann, der dir dieses Schreiben geschickt hat. Er sagte mir, daß Carla seit acht Jahren vermißt ist und daß man alle bekannten Methoden zur Aufspürung vermißter Personen angewendet hat, ohne Erfolg. Man hat den See mit Schleppnetzen abgesucht, nachdem man euch nach Hause geschickt hatte. Sämtliche Hütten rund um den See wurden durchsucht. Vielleicht ist dies der Grund für die Verzögerung der Testamentsverlesung. Vielleicht wollte Madame, daß

Carla juristisch für tot gilt, bevor der Nachlaß verteilt wird."

Jetzt kam der schlimmste Teil der Geschichte. „Ich nehme an, mit Ellen hat sich nichts geändert", fuhr Amanda fort. „An jenem Tag hat sie die Stimme verloren, und seitdem kann sie nicht mehr sprechen. Als du dich vor einem Jahr nach ihr erkundigt hast, hieß es, daß sie noch immer kein Wort hervorgebracht hat, nicht wahr?"

„Ihr Bruder hat alles Erdenkliche getan, um sie wieder zum Sprechen zu bringen", erklärte Mr. Willet traurig. „Psychiater, Sprachtherapeuten, Nervenärzte. Nichts", sagte Mr. Willet mit einem Kopfschütteln, „konnte ihr helfen, soweit ich gehört habe. Das arme Kind! Ich erinnere mich, sie war ein hübsches Ding. Ich habe sie ein paarmal gesehen, als ich dich nach Lake Falls gefahren und am Ende der Ferien wieder abgeholt habe."

Amanda schwieg, als ihr das niedliche, brave Gesicht von Ellen Stanton in den Sinn kam. Es war nahezu puppenhaft hübsch: große, dunkelblaue Augen, goldene Locken, eine Haut wie Porzellan.

Ellen und Amanda waren eng befreundet gewesen; sie hatten vereint Schutz gesucht vor Madames strengen Verweisen, Matilde Gerards Nörgeleien und Carlas schadenfrohen Grausamkeiten. Sie hatten ihr Unbehagen in den langen schattigen Fluren der Villa miteinander geteilt und sich gegenseitig ihren Widerwillen gegen das Haus gestanden, in dessen schiefen, hochragenden Türmen – wie Carla behauptete – seltsame, böse Wesen auf unschuldige Kinder lauerten.

Nach acht Jahren sollte Amanda nun die Gefährtin jener Sommertage wiedersehen – das kleine Mädchen, das zu einer jungen Dame von beinahe achtzehn Jahren herangewachsen war und nicht imstande sein würde, ein Wort zur Begrüßung zu sprechen.

2

Es saßen nur drei Leute im Bus, als er in Lake Falls ankam. Amandas Mitreisende waren eine Frau im mittleren Alter mit vielen Taschen und ein traurig aussehender älterer Herr. So war es wohl immer, wenn es nach dem 1. September still wurde in den Sommerfrischen und die Attraktionen, die im Juli und August die Besucher anlockten, bis zum nächsten Sommer abgebaut waren.

Amanda sah aus dem Fenster in der Erwartung, das eine oder andere Gebäude wiederzuerkennen. Aber es war nichts mehr da . . . Die Eisdiele war verschwunden, wo sie an warmen Abenden manchmal mit Rick und Ellen hingegangen war. Der ganze Häuserblock war weg; das Kino, der Bastelladen, das Blumengeschäft. Die Glasbläserei, die Geschenkboutique, das Kunstmuseum – alles war einem Einkaufszentrum gewichen, einem langgestreckten Gebäudekomplex mit einem Supermarkt, einem Schallplattenladen, einem Automatenwaschsalon und einem sehr modern aufgemachten Drugstore.

Amanda betrachtete das alles mit Bestürzung, als der Bus im Zentrum von Lake Falls die Fahrt verlangsamte. Nichts war mehr so, wie sie es in Erinnerung hatte. In dem stillen hübschen kleinen Ort brauste der Verkehr, und überall standen große, häßliche, gleichförmige Gebäude.

Reihe für Reihe erstreckten sie sich entlang der Hauptstraße; sie waren sogar in die Nebenstraßen vorgedrungen und hatten die gepflegten Bungalows und die kleinen bescheidenen Häuser verdrängt.

An einem der hohen Gebäude verkündete ein Schild, daß es sich um einen Verwaltungskomplex handelte. Ein Stück die Straße weiter runter befanden sich noch mehrere Gebäude im Bau.

Wie mußte Madame Bonheur diesen Umschwung gehaßt haben – falls sie ihn noch erlebt hatte! Sie hatte ihren großen, weitläufigen Sommersitz so geliebt, daß sie das ganze Jahr über dort gewohnt hatte. Es war zwar kein schönes Haus, lag aber ruhig und abgeschieden.

Als der Busfahrer Amanda beim Aussteigen half,

fragte er sie, ob sie auch wüßte, welche Richtung sie einschlagen müsse. Sie war tatsächlich ein wenig verwirrt von den Veränderungen. Sie erwähnte das Chanson du Lac, das war der Name, den Madame ihrem Besitz gegeben hatte. Sie bemerkte, daß der Fahrer die Augenbrauen hob, aber er sagte nichts, sondern wies auf den Weg, der zum Wasser hinunterführte.

Es war nicht weit bis zum See, und Amanda hatte als Gepäck nur eine Schultertasche bei sich, doch in ihrer gedrückten Stimmung kam ihr der Weg länger vor. Als der See auftauchte, sah sie, daß das Wasser die Farbe von Stahl hatte. Obwohl sich eine Gruppe Weiden darin spiegelte, vermißte sie den Frieden, an den sie sich von früher her erinnerte.

Chanson aber, wie sie und die anderen Kinder das Haus genannt hatten, war zu ihrer Enttäuschung unverändert. Sie hatte gehofft, daß die kitschigen Verzierungen über der Veranda, die rund um das Haus verlief, und die an eine Kirche erinnernden, hohen, bunten, nach oben spitz zulaufenden Glasfenster entfernt worden waren.

Matilde Gerard öffnete auf Amandas Klopfen die Eingangstür, und als das Mädchen in die längliche, düstere Diele trat, glaubte sie, Madame Bonheurs Gegenwart zu spüren.

Am Ende der Diele führte eine hohe Treppe nach oben, die sich fast im Schatten verlor. Wie oft hatte sie

Madame da mit königlicher Grazie hinabschreiten sehen: den Kopf hoch aufgereckt, das Gesicht stolz und unnahbar!

Nicht weit von der Eingangstür befand sich zur einen Seite der Diele das Musikzimmer, der einzige Raum im Haus, den Amanda nie ordentlich aufgeräumt gesehen hatte. Die Türen zur Bibliothek, dem Salon und dem ehemaligen Wohnzimmer waren alle geschlossen, doch Amanda war es, als könne Madame jeden Augenblick aus einem der Räume treten...

Madames Haushälterin hieß sie nicht willkommen. Die Hände über der Schürze gefaltet, stand sie steif und regungslos da, als ob sie das Haus und alles, was darin war, bewache.

„Was tust du denn hier?"

Ihre Stimme war so unsympathisch wie alles an ihr: die dünnen, krausen grauen Haare, der verkniffene Mund, die Augen, die so verblaßt waren, daß sie fast farblos wirkten.

„Ich bin gekommen, weil –" Amanda brach verwirrt ab.

Sie ließ ihre Tasche von der Schulter gleiten, griff hinein und zog Roger Platts Brief hervor.

„Ich soll morgen zur Verlesung von Madames Testament hier sein. Sehen Sie, hier steht es." Sie hielt ihr den Brief hin, doch die Frau schüttelte abwehrend den Kopf.

„Am achtzehnten. Man hat mir gesagt, vorher brauche ich mit keinem von euch zu rechnen." Die keifende Stimme wurde immer schriller. „Gibt genug Arbeit, wenn ich für drei sorgen muß. Und jetzt soll ich dich schon fast eine ganze Woche früher bedienen? Am achtzehnten – ich habe Mr. Platt dieser Tage zufällig in der Stadt getroffen, und da hat er mir das Datum genannt und damit basta. Vorher hast du hier eigentlich nichts zu suchen."

Amanda starrte sie fassungslos an. Wenn Matilde entsetzt war, weil Amanda fünf Tage zu früh gekommen war, so beruhte dieses Gefühl durchaus auf Gegenseitigkeit.

„Kümmert mich nicht die Bohne, was in dem Brief steht", fuhr Matilde fort. „Mr. Platt muß sich geirrt haben. Nun ja, da du nun schon mal hier bist, mußt du wohl bleiben, aber ich werde mit dem jungen Mann ein Wörtchen reden, darauf kannst du dich verlassen. Der ist viel zu jung für einen Anwalt", meinte sie mürrisch. „Das hab ich Madame gleich gesagt, als sein Vater starb und er die Praxis übernahm. Die haben doch keine Ahnung vom Geschäft, die Männer, wenn sie höchstens fünfundzwanzig sind."

Amanda fragte, ob sie Mr. Platt anrufen könne, um die Situation vielleicht zu klären. Die Haushälterin sagte unfreundlich, die Telefone seien am alten Platz: in Madames Schlafzimmer, in der Küche und im Salon.

Amanda entschied sich für den Salon und ging in den kleinen ungepflegten Raum, der vor acht Jahren selten benutzt worden war.

Roger Platt meldete sich mit einer tiefen, fröhlichen Stimme, die sich rasch veränderte und betroffen klang, als Amanda ihm erzählte, daß sie fünf Tage zu früh nach Lake Falls gekommen sei. Er bat sie, am Apparat zu bleiben, während er in der Akte nachsah. Nach ein paar Minuten war er wieder dran. Seine Entschuldigung klang ziemlich fadenscheinig.

„... ein ganz dummes Versehen, meine Liebe. Meine Sekretärin muß die falsche Zifferntaste erwischt haben – die Drei statt der Acht. Es tut mir leid, meine Liebe, aber vielleicht können Sie ein paar unverhoffte Ferientage genießen. Die Stantons werden wohl auch bald eintreffen. Ich habe mir den Durchschlag des Briefes an sie angeschaut, und da steht dasselbe. Man hat sie benachrichtigt, daß sie am Dreizehnten hier sein sollen. Da haben Sie wenigstens Gesellschaft."

Neben den Unannehmlichkeiten, die er ihr bescherte, bot Roger Platt ihr auch noch eine Erklärung, die nicht ganz glaubwürdig klang. Amanda hatte Verständnis dafür, daß ein Tippfehler vorkommen konnte, eine falsch angeschlagene Ziffer, aber daß es gleich zweimal passierte...

„Vielleicht hat sie ihr Stenogramm falsch gelesen", sagte er in gleichgültigem Ton. Er hielt die Angelegenheit anscheinend nicht für besonders wichtig. Amanda hatte den jungen Anwalt nur ein paarmal gesehen, aber sie hatte das unbestimmte Gefühl, daß sie nicht viel für ihn übrig haben würde. Als sie ihn damals sah, war sie noch ein Kind gewesen – und er war fast zwanzig und hatte nicht viel Zeit für Ellen, Amanda oder Rick gehabt. Nur Carla schien er ernst zu nehmen.

Er sagte mit seiner kühlen, gleichgültigen Stimme: „Lassen Sie sich davon nicht unterkriegen, Schätzchen. Halten Sie durch; Sie werden sehen, daß es sich lohnt! Ich darf nicht verraten, was in dem Testament steht, aber soviel kann ich Ihnen sagen: Sie werden eine erfreuliche Überraschung erleben."

Sie konnte Leute nicht leiden, die einen mit Kosenamen anredeten, obwohl sie Fremde waren. Sie brachte es nicht fertig, diesem jungen Mann, den sie kaum kannte, zu sagen, daß sie nicht genug Geld hatte, um zwischendurch nach Hause zu fahren. Just in diesem Augenblick hörte sie die Stimmen in der Diele, und sie beendete rasch das Gespräch.

Es waren nur zwei Stimmen, Matildes und Ricks; sie erkannte seine sofort, obwohl sie tiefer geworden war. Sie legte den Hörer auf und lief hinaus, um ihre alten Freunde zu begrüßen. Aber es wurde kein herzliches Wiedersehen. Ricks Gesicht war rot vor Zorn; er war so wütend, daß er kaum sprechen konnte. Ellen rang verzweifelt die Hände. Zunächst bemerkten sie

Amanda gar nicht.

Rick zischte: „Was soll das heißen, wir sind fünf Tage zu früh? In Platts Brief steht . . .“

Er kramte in seinen Jackentaschen, und nun sprach Amanda, und die beiden drehten sich zu ihr um.

„Es stimmt. Ich habe gerade mit Mr. Platt gesprochen“, sagte sie ruhig. „Wir müssen bis zum Achtzehnten warten. Hat keinen Sinn, deswegen Theater zu machen, Rick.“

„Theater!“ wiederholte er verbittert. „Ich habe meinen Sommerjob eine Woche zu früh aufgegeben, dabei brauche ich, offen gesagt, jeden Pfennig, den ich kriegen kann. Du weißt ja, was ein Studium kostet, und dazu kommt . . .“ Er nickte zu seiner Schwester hinüber.

Was für ein hübsches Paar! dachte Amanda. Sie ging zu Ellen, legte ihr den Arm um die schmalen Schultern und zog sie an sich. Rick streckte steif eine Hand zum Gruß aus. Später würden sie sich ungezwungen unterhalten, aber im Augenblick waren sie nach der langen Trennung alle ein bißchen befangen.

Am Abend erzählte Rick, was für ein Leben er und seine Schwester führten. Die drei hatten ihre Sachen ausgepackt, und das Abendessen war trotz Matildes Geschimpfe sehr lecker gewesen. Rick, Ellen und Amanda saßen im Musikzimmer, weil es in ihrer Kinderzeit so etwas Ähnliches wie ein Spielzimmer gewesen war und sie sich hier wohler fühlten als anderswo.

Rick und Ellen waren Waisen. Sie lebten bei einer Tante, die sie pflichtschuldigst mit dem Lebensnotwendigen versorgte, aber ihnen sonst wenig bot, keine Liebe, keine Fürsorge. Da Rick kaum von ihr unterstützt wurde, mußte er sich sein Studium selbst verdienen. Außerdem brauchte er Geld für Ellens Hauslehrer und Therapeuten sowie für Fahrten zu auswärtigen Kliniken und Forschungszentren, wenn er hörte, daß man ihr dort vielleicht helfen könne.

Die Verantwortung ließ ihn älter erscheinen, als er war. Und Amanda fragte sich, ob die tiefe Falte auf seiner Stirn daher stammte.

Rick und Amanda sprachen nun von Carla. Amanda hatte das Gefühl, sie könnten keine fünf Minuten in dem alten finsteren Haus ihrer Großmutter verbringen, ohne daß Carlas Name genannt wurde. So, wie etwas von Solange Bonheur an dem Ort zurückzubleiben schien, wo sie den größten Teil ihres langen Lebens verbracht hatte, so rief das Musikzimmer mit den drei jungen Menschen darin den Geist von Solanges Enkelin herbei.

An diesem Abend hatte das Musikzimmer nichts von einem Spielzimmer an sich. Amanda und Rick sprachen leise und ernst miteinander, wobei der junge Mann fast die ganze Unterhaltung allein bestritt. Von Zeit zu Zeit warf er einen Blick auf seine Schwester, als hoffe er auf ein Wunder, das sie zum Sprechen brächte. Das Wunder blieb aus. Ellen sah von einem zum anderen, lächelte ihr reizendes Lächeln, während ihre großen blauen Augen von Liebe zu ihnen beiden erfüllt waren.

Sie trug einen Notizblock und einen Kugelschreiber in ihrer Rocktasche. Dann und wann zog sie beides hervor und schrieb etwas auf: „Wie schön, dich wiederzusehen, Amanda!“ oder „Hübsch siehst du aus!“

Rick erzählte Amanda, daß Ellens Arzt den Besuch in Lake Falls befürwortet habe. Der Anblick des Ortes, an dem sie ihr Sprechvermögen verloren hatte, könnte vielleicht einen Schock hervorrufen, durch den sie die Sprache wiederfand ... Da bei den zahllosen Tests und Röntgenaufnahmen keine organischen Schäden festgestellt worden waren, stand fest, daß sie an einem schweren seelischen Problem litt.

Rick hatte ihrem Besuch nicht aus vollem Herzen zugestimmt. Er hatte Ellen mitgebracht, weil auch sie einen Brief von Roger Platt bekommen hatte – ebenfalls mit dem falschen Datum

„Und man hat nichts von Carla gehört“, sagte er und wechselte ganz plötzlich das Thema. „Ich habe Platt gefragt, als ich ihn heute nachmittag anrief, um ihm zu sagen, daß wir hier sind. Acht Jahre! Meinst du, daß sie noch lebt, Mandy?“

Der alte Spitzname, den niemand außer Rick und

Ellen benutzt hatte, rührte sie so, daß ihre Stimme schwankte. „Ich glaube, wenn sie noch lebte, wäre sie zur Testamentsverlesung hier. Carla war ..." Sie brach plötzlich ab, aus Angst, etwas zu sagen, das sich wie Kritik an dem verschwundenen Mädchen anhörte. Es war ihr jetzt klar, daß Rick immer noch etwas für den Gegenstand seiner jungenhaften Schwärmerei empfand.

Er war als Junge schon hübsch gewesen und sah jetzt, nachdem seine Schlaksigkeit verschwunden war, noch besser aus. Er hatte kurzgeschnittene, lockige Haare, ehrliche blaue Augen, einen Ton dunkler als die seiner Schwester, und ein kräftiges Kinn.

Paß auf! sagte Amanda warnend zu sich selbst.

Es wäre leicht, sich in jemand wie Richard Stanton zu verlieben, was einem das Herz brechen könnte. Es war nämlich nur allzu deutlich, daß sie für ihn noch immer die Spielkameradin jener vergangenen Sommertage war – und sie fürchtete, daß er sie immer so sehen würde.

In dieser Nacht konnte sie kaum einschlafen. Irgendwo im Haus schlug eine Uhr zwölfmal. Mitternacht ... Gegenüber von Amandas Zimmer, auf der anderen Seite des Flurs, führte eine Wendeltreppe in einem Turm bis nach oben zum Dach.

Von dort hörte Amanda, als die Uhr schwieg, seltsame Geräusche, zuerst leise, dann lauter – Geräusche, als ob jemand in der Nacht weinte.

3

Als sie es Rick am nächsten Morgen erzählte, lachte er sie aus. Er meinte, was sie da gehört hatte, seien die typischen Geräusche gewesen, die alte Häuser in dunklen Nächten machen.

Sie wußte, daß das nicht stimmte. Knarren, Knacken, Winseln – das alles konnte von altem Holz kommen oder von den Blättern an den Bäumen vor den Fenstern oder vom Wind, der um die Turmspitzen strich. Aber Amanda hatte nichts dergleichen gehört. Sie versuchte es Rick begreiflich zu machen; sie wehrte sich gegen seine Behauptung, sie sei gar nicht richtig wach gewesen, als sie die Geräusche hörte. Sie konnten aber nicht ausführlich darüber sprechen, weil Ellen an diesem Morgen ständig in Hörweite war.

Das Wetter war warm und mild, und Amanda ging mit den Stantons zum See hinunter, wo das Sonnenlicht durch die Bäume sickerte und wirre Muster auf das Ufer warf. Rick ließ gemächlich Grashalme durch seine Finger gleiten. Amandas Blick ruhte auf Ellen, und sie fragte sich, was das Mädchen denken mochte, während es über das Wasser schaute.

Ricks Hoffnung, daß der Anblick des Sees eine

heilsame Wirkung auf Ellen hätte, war vergeblich. Es war, als sähe sie das alles zum erstenmal: den Steg mit dem vertäuten Ruderboot auf der einen Seite und dem Rennboot auf der anderen, die Hütten am gegenüberliegenden Seeufer, das blaue Wasser, das in der Sonne glitzerte. Amanda fragte sich, ob es möglich war, daß Ellen jenen qualvollen Tag aus ihrem Gedächtnis verbannt und tief in ihrem Inneren eingeschlossen hatte – wie ihre Stimme...

Es gab nicht viel Abwechslung für die jungen Leute. Weder Rick noch Amanda mochten mit einem der Boote hinausfahren. Ellen schien lustlos, und als Amanda einen Spaziergang vorschlug, lehnte sie ab. Das Musikzimmer mit den Stapeln alter Notenblätter hatte seinen Reiz rasch eingebüßt.

An ihrer Schlaffheit war vor allem das Wetter schuld. Im Laufe des Tages wurde es immer heißer. Der Himmel wurde eine flirrende Kuppel, und keine Brise bewegte das Wasser des Sees. Im Haus war es stickig. Es gab keine Klimaanlage, weil man sie bisher nie gebraucht hatte. Diese brütende Hitze war ungewöhnlich; so etwas hatten die jungen Gäste früher nie erlebt.

Um der Hitze zu entfliehen und weil sie müde war von der vergangenen schlaflosen Nacht, ging Amanda früh zu Bett. Sie hatte gehofft, daß ihr kleines Zimmer gegenüber dem Aufgang zum Nordturm kühler sei als die unten gelegenen, aber im Gegenteil: Selbst bei geöffneten Fenstern war es heiß und schwül.

In dieser Nacht aber lag sie nicht wach. Körperlich erschöpft und niedergeschlagen von den Stunden, die sie mit der stummen Ellen verbracht hatte, fiel Amanda wenige Minuten, nachdem sie ins Bett gegangen war, in einen tiefen Schlaf.

Zwölf Uhr. Sie wachte auf und wußte, daß es Mitternacht war, denn wieder schlug unten die Uhr. In ihrem Zimmer war es fast stockdunkel. Der altmodische Waschtisch, die Kommode und der Schemel, außer dem Bett die einzigen Möbelstücke, ragten wie formlose Schemen in den Raum.

Knarrend ging die Tür auf. Ein Lichtstreifen wurde sichtbar, und darin bewegte sich langsam eine Gestalt.

Amanda setzte sich auf, einen Arm um die Knie geschlungen, während ihr die Stimme als fester Klumpen in der Kehle stecken blieb. Die Gestalt trat ans Fußende des Bettes, das Gesicht im Halbdunkel verborgen, den Rücken zum Licht, das trübe vom Flur hereinschien.

Amanda brachte ein Flüstern zustande: „Wer sind Sie?"

Aber sie wußte es. Trotz der spärlichen Beleuchtung und obwohl sie das Gesicht der Frau nicht deutlich sehen konnte, hatte sie keinen Zweifel, wer sie war!

Keine andere hatte eine so königliche Haltung, frisierte ihr silbernes Haar so, daß es einer Krone gleich auf ihrem stolz erhobenen Kopf saß, keine andere hatte diese scharfgeschnittene Kinnlinie und die weißen Hände mit den langen Fingern. Um die Schultern trug sie den Spitzenschal, den Nonnen in einem Kloster in Frankreich angefertigt hatten und ohne den Madame Solange Bonheur selten anzutreffen war.

Hätte Amanda immer noch Zweifel gehabt, wer ihre Besucherin war, so wurden sie durch die Stimme ausgeräumt.

„Allons!"

Das war ein Wort, das bei Madame zahllose Bedeutungen gehabt hatte:

„Aus dem Bett, du faules Mädchen!"

„Beeil dich und trödle nicht!"

„Da sieh nur, was du getan hast!"

Und dann verschwand sie, genauso geräuschlos, wie sie gekommen war. Amanda wollte ihr nachrufen, doch ihre Stimme war schwach und zittrig.

Trotz der Hitze zitterte sie. Nach einer Weile verließ sie das Bett und machte Licht. Sie wollte gerade in ihren Morgenmantel schlüpfen, als sie die Musik hörte.

Sie kam von unten. Amanda konnte sie nur hören, weil die Fenster offen waren. Auch die Fenster im Erdgeschoß mußten offen sein. Es waren keine unangenehmen Töne. Es hörte sich an wie die Musik einer Geige, einer Bratsche oder eines Cellos.

Amanda öffnete die Tür und lauschte; sie traute sich

aber nicht in den Flur. Wer immer da unten ein Streichinstrument spielte, konnte Gefahr bedeuten. Ein Einbrecher? Als sie früher hier zu Gast war, hatte es in Lake Falls kaum Verbrechen gegeben. Aber die Stadt hatte sich verändert und war gewachsen.

Die Musik brach ab, und nun faßte Amanda Mut und schlich über den Flur zur Treppe. Sie spähte hinunter in die Diele. Kein Lebewesen war zu sehen. Es war still und unheimlich.

Sie wartete. Die Minuten verstrichen. Die Stille wurde nur durch das Ticken der Standuhr auf dem ersten Treppenabsatz unterbrochen.

Schließlich ging Amanda wieder zu Bett, und wieder konnte sie stundenlang nicht einschlafen...

„Weinen, Besuch von einer Frau, die seit einem Jahr tot ist, Musik, von jemand Unsichtbarem gespielt..." Ricks Stimme klang leicht spöttisch. „Junge, Junge, du hast weiß Gott schlecht geträumt!"

„Aber es war kein Traum", beharrte Amanda. „Ich war so wach wie jetzt! Ich konnte die Diele überblicken und hätte jeden gesehen, der zum Musikzimmer oder zur Haustür ein oder aus ging."

Sie saßen auf den Stufen der Villa Chanson und beobachteten Ellen, die im See watete, wie sie es als Kind getan hatte. Amanda meinte zu Rick, das sei ein gutes Zeichen; Ellen hätte wenigstens keinen Abscheu vor dem Wasser. Rick zuckte die Achseln, und da merkte Amanda, daß er seine Hoffnungen nicht zu hoch schrauben wollte, um hinterher nicht wieder enttäuscht zu werden. Wie oft war er wohl schon überzeugt gewesen, daß eine neue Methode Ellen heilen würde, und war dann, wenn es sich wieder als Fehlschlag erwies, der Verzweiflung nahe gewesen?

In kühlem, unfreundlichem Ton sagte er: „Ich wäre dir dankbar, wenn du Ellen nicht hören ließest, was du dir heute nacht eingebildet hast. Sie ist auch ohne unheimliche Gespenstergeschichten schon ängstlich genug."

Diese Grobheit paßte gar nicht zu Rick. Sein Gesicht kam ihr beinahe fremd vor. Sie war den Tränen nahe. Nie hatte sie sich so einsam gefühlt in einer Umgebung, die ihr eigentlich hätte vertraut sein sollen und es doch nicht war. Aber sie mußte in diesem Haus bleiben, wo sie sich schon nicht wohl gefühlt hatte, als noch keine gruseligen Dinge passierten. Amanda und ihr Vater hatten keine richtigen Verwandten – Madame Bonheur war die nächste Angehörige –, und Mr. Willet war dankbar gewesen, daß seine Stiefmutter seine Tochter einlud, um, wie er dachte, in der Villa Chanson sorglose Ferien zu verbringen.

Sie wünschte, sie könnte ihre Schultertasche wieder packen und den Bus nach Hause nehmen. Aber sie brauchten das Geld dringend. Außerdem wollte sie

Ellen nicht allein lassen, für die das Ganze hier eine Qual sein mußte; und zudem war da noch Rick. Sie wollte sich nicht eingestehen, daß sich in der kurzen Zeit seit dem Wiedersehen ein gewisses Gefühl für ihn in ihr regte.

Er sah ihre Tränen, obwohl sie versuchte, sie hastig wegzuwischen. Er war mit einemmal ganz zerknirscht.

„Du, hör mal, ich wollte dich nicht kränken! Die Geschichte ist bloß schwer zu glauben. Aber wenn du sagst, daß es so war, dann nehm ich's dir ab. Komm, reden wir von was anderem. Mach ein fröhliches Gesicht!"

Aber sie konnte nicht, auch wenn er brüderlich einen Arm um ihre Schultern legte. Um zu verhindern, daß sie vollends in Tränen ausbrach, sagte er: „Was hältst du davon? Ich bleib heute nacht wach und passe auf, ob sich was tut. Und jetzt fragen wir Matilde, ob möglicherweise gestern nacht jemand ins Haus gekommen ist. Sie ist sicher in der Küche. Wir brauchen höchstens zwanzig Minuten. Ellen wird gar nicht merken, daß wir weg sind."

Es dauerte wirklich nicht lange. Auf Ricks Frage wurde Matilde fuchsteufelswild. Sie folgte ihnen, als sie sich zur Küchentür hinausdrückten.

„Räuber im Haus! *Impossible! Jamais!* Nie lasse ich im Erdgeschoß eine Tür oder ein Fenster unverriegelt! Keiner kann in die oberen Stockwerke klettern. Räuber!

Diebe! Verschont mich mit euren Albernheiten!"

Bevor Ellen vom See heraufkam, hatte Amanda ein paar Minuten Zeit gehabt, um Rick ausführlich zu schildern, was sie in der Nacht gesehen und gehört hatte. Sie hatte an Ricks Gesicht nicht ablesen können, ob er ihr glaubte oder nicht. Vielleicht wollte er sie nur beschwichtigen. Vielleicht war es ihm gar nicht ernst damit, daß er Wache halten wollte. Sie konnte es nicht mehr erwarten, bis die Nacht anbrach und etwas passierte, das ihn davon überzeugte, daß schlechte Träume oder eine lebhafte Phantasie nichts mit der Sache zu tun hatten.

Aber es geschah nichts! Kein Weinen, keine unheimliche Musik, und Solange Bonheur – falls sie es war, die in Amandas Schlafzimmer gekommen war – trat nicht in Erscheinung.

„Ich verstehe das nicht!" sagte Amanda kleinlaut zu Rick, als Ellen in den Garten gegangen war, um Blumen für den Frühstückstisch zu pflücken. „Ich muß mich ja anhören wie eine Irre, als wäre ich übergeschnappt. Das glaubst du doch, daß hier oben 'ne Schraube locker ist, oder?" Sie tippte sich mit dem Zeigefinger an die Stirn.

„Ach was! Ich glaube bloß, daß du vorgestern nacht eben – na ja, einfach übermüdet warst."

Es klang nicht ehrlich, eher so, als wolle er sie trösten. Sie wäre liebend gern nach Hause gefahren, und sie hätte gern gewußt, ob man ein Erbe auch antreten konnte, wenn man bei der Testamentsverlesung nicht anwesend war. Sicher konnte Roger Platt ihr darüber Auskunft geben. Sie rief ihn an.

Er sagte ihr nicht das, was sie gern gehört hätte. „Madame hat ausdrücklich angeordnet, daß alle, die im Testament genannt sind, im Musikzimmer sein müssen. Wer nicht da ist, verliert seinen Anteil, der dann unter den anderen aufgeteilt wird."

So war das also. Sie mußte bis zum achtzehnten September in der Villa Chanson bleiben – oder auf das verzichten, was ihr vermacht worden war. Vielleicht, dachte sie, wurde es ja gar nicht so schlimm, wie sie fürchtete. Vielleicht würden keine seltsamen Dinge mehr passieren...

Aber in dieser Nacht erschien Madame Bonheur wieder in Amandas Schlafzimmer.

4

Diesmal war es anders. Ein Duft stieg ihr in die Nase, bevor sie die Augen öffnete. Sie sah die Gestalt nicht über die Schwelle treten. Es war zu dunkel, um mehr zu sehen als einen formlosen Schatten, der am Fußende des Bettes aufragte.

Aber sie wußte, daß es Madame war – oft genug hatte sie diesen Veilchenduft gerochen, und sie erkannte ihn sogar nach all den Jahren wieder!

Als ihre Augen sich an das Dunkel gewöhnten, wurde das Gesicht deutlicher: ein bleiches, scharfgeschnittenes Oval mit vielen Fältchen unter den Augen. In der Finsternis wirkte die regungslose Gestalt wie ein Geist. Als Amanda sich gefaßt hatte, staunte sie über ihre eigene Courage. Sie warf die Bettdecke zurück und rief: „Wer bist du? Was willst du?"

Die Frau rührte sich und hastete zur Tür, übersah jedoch den Schemel und stolperte darüber. Einen Fluch murmelnd, bemühte sie sich, das Gleichgewicht wiederzufinden.

Im Nu war Amanda bei ihr. Sie schnappte nach ihr und erwischte den Spitzenschal. Die Frau entkam und ließ den Schal in Amandas Händen zurück.

Amanda griff nach ihrem Morgenmantel und warf ihn über, wobei sie kostbare Sekunden verlor. Als sie in den Flur kam, war niemand zu sehen. Nur eine einzige trübe Lampe brannte am oberen Treppenabsatz, der dennoch im Schatten lag. Dort waren auch Ricks und Ellens Zimmer. Madame Bonheurs Schal mit beiden Händen umklammernd, eilte Amanda hinüber.

Jetzt hatte sie den Beweis, daß jemand in ihrem Zimmer gewesen war! Wenn sie Rick den Schal zeigte, würde er ihn bestimmt wiedererkennen. Es war Mitternacht – vielleicht sogar später –, aber sie mußte Rick unbedingt wecken. Jetzt würde er ihr glauben, daß die unheimlichen Dinge, von denen sie ihm erzählt hatte, wirklich passiert waren . . .

Und dann – in dem Augenblick, als sie den Treppenabsatz erreichte – hörte sie die Musik. Durch die Entfernung klang sie ganz leise, aber es war zweifellos dasselbe Instrument, das sie vorgestern nacht gehört hatte.

Sie beugte sich über das Geländer, um zu sehen, wer das Musikzimmer betrat oder verließ, wer zu so später Stunde herumgeisterte. Hinter ihr ertönte ein Rascheln. Ehe sie sich umdrehen konnte, fühlte sie eine schwere Hand im Rücken. Sie wollte sie abschütteln, aber da spürte sie einen Stoß. Ihr Griff um das Geländer löste sich, und im nächsten Moment stürzte sie die Treppe hinunter. Mit fuchtelnden Armen suchte sie instinktiv nach einem Halt.

Jemand hielt ihren Sturz auf. Jemand eilte die Treppe hinauf und packte sie bei den Schultern, bevor ihr zitternder Körper auf dem Absatz aufschlug.

Sie sah nicht, wer es war, denn Schmerz und Angst verschmolzen miteinander, und sie sank in tiefe, dunkle Bewußtlosigkeit.

Sie dachte, es sei Rick gewesen, der sie gerettet hatte. Doch er sagte, er sei erst aus seinem Zimmer gekommen, als er ihren Körper auf den Stufen aufschlagen hörte. Als er sie fand, sei sie „weggetreten“ gewesen, und sonst war niemand in der Nähe. Er war drauf und dran, Matilde zu rufen, damit sie einen Arzt kommen ließ, „bloß um sicherzugehen, daß du dir nichts gebrochen hast“.

Amanda protestierte heftig. Sie wollte keinen Arzt, der an ihr herumpiekste und -drückte, um festzustellen, ob ihr etwas fehlte. „Mir fehlt nichts.“ Sie befühlte sachte ihren Hinterkopf, weil es darin zu pochen begann.

„Bist du gestürzt?“

Rick legte seinen Arm um sie und trug sie fast ein Stockwerk höher, wo sich ein kleines, selten benutztes Nähzimmer befand. Amanda konnte sich nicht besinnen, jemals dort gewesen zu sein. Es war nur spärlich erleuchtet, und in dem Dämmerlicht sahen die Schneiderpuppen wie kopflose Wesen aus. Der Holzstuhl, auf den Rick sie setzte, war hart und unbequem. Aber Amanda konnte nur an den Überfall denken. „Nein, ich bin nicht gestürzt!“ sagte sie. „Ich war auf dem Weg zu dir . . .“

Er hob spöttisch die Augenbrauen. „Um diese Zeit in der Nacht – oder sollte ich vielleicht ‚am Morgen‘ sagen, weil es nach zwölf ist?“

„Ich habe Madame wieder gesehen. Diesmal hab ich ihr Parfüm gerochen. Und ich hab ihren Schal erwischt –“

Sie brach ab. Sie hatte den Schal nicht mehr. Er mußte ihren Fingern entglitten sein bei dem Sturz auf der Treppe . . .

„Bitte! Bitte, Rick", flehte sie. „Sieh nach, ob er irgendwo auf der Treppe liegt! Ich war so froh, daß ich ihn hatte, weil ich dachte, daß du mir jetzt glaubst, was ich dir erzählt habe."

Ihre Stimmung war auf dem Tiefpunkt. Doch dann sagte Rick: „Es ist vielleicht gar nicht so schwer, mich zu überzeugen. Ich hab auch Musik gehört. Möglich, daß ich davon aufgewacht bin."

Amanda wollte auf der Stelle mehr darüber hören, aber Rick sagte: „Ich gehe besser rasch nachsehen, falls derjenige, der dich gestoßen hat, zurückkommt, um den Schal zu suchen."

Er ging hinaus und kam nach ein paar Minuten mit leeren Händen zurück. Von dem Schal war nichts zu sehen, sagte er. Er hatte eine Lampe ausgeknipst, die im Flur auf einem Tisch an der Wand stand. „Sie hat nicht gebrannt", sagte er nachdenklich, „als ich ins Bett ging. Das könnte ich beschwören."

Er schlug mit der Faust in die Handfläche der anderen Hand. „Es will mir einfach nicht in den Kopf, daß jemand dich die Treppe hinuntergeschubst und dann deinen Sturz aufgehalten hat. Wie paßt das zusammen? Wenn du gestoßen wurdest, mußt du ein ziemliches Tempo draufgehabt haben. Was hat derjenige gemacht, der dich geschubst hat? Ist er etwa schnell die Treppe runtergerast, um dich aufzuhalten und zu retten, ehe du unten aufschlugst?"

Sie schwiegen beide, bis er, anscheinend mit mühsam beherrschter Stimme, sagte: „Es sei denn, es waren zwei."

Er nahm ihre Hand. „Es ist nur eine Vermutung. Aber ich verstehe einfach nicht, wieso jemand dich aus dem Weg räumen will und dann verhindert, daß du getötet wirst. Hat er sich's in letzter Sekunde anders überlegt? Wollte er dir bloß einen Schrecken einjagen? Wie reimt sich das alles zusammen?"

Sie klammerte sich fest an seine Hand. Der Gedanke, daß zwei Personen hinter den Vorfällen steckten, war beängstigend.

Rick kam auf die Musik zu sprechen. Er begriff nicht, daß er davon aufgewacht war – und Amanda nicht. Sie waren gleich weit vom Musikzimmer entfernt.

„Und dabei war sie gar nicht mein Fall", fügte er hinzu. „Ich steh auf Country und Western und Soft Rock. Aber das war ja – so was wie Kammermusik."

„Streichinstrumente", bestätigte Amanda nickend. „Jemand muß da unten gewesen sein. Instrumente spielen schließlich nicht von selbst."

Er hockte sich neben sie. Er hielt immer noch ihre Hand. „Morgen unternehmen wir was", versprach er. „Ich lasse mir eine Ausrede für Ellen einfallen, damit wir ein oder zwei Stunden allein sein können. Dann gehen wir zwei der Sache auf den Grund."

Sie verspürte einen leichten Freudenschauer. Vorläufig konnte sie die Furcht vergessen, die Beklommenheit, das Unbehagen in diesem Haus, in dem sich mitten in der Nacht unheimliche Dinge abspielten. Denn sie war nun fast sicher, daß Rick die Augen aufgegangen waren und er allmählich merkte, daß sie eine junge Dame war – und zwar eine, in die man sich leicht verlieben konnte ...

Am Morgen ging Rick zu Matilde, die gerade das Frühstück zubereitete. Er bat sie, auf Ellen achtzugeben, während er und Amanda Besorgungen im Ort machten. „Wir möchten sie nicht mitnehmen, weil sie sich vor Fremden und Menschenmengen ängstigt. Wenn sie etwas braucht, schreibt sie es auf einen Zettel. Sie ist bestimmt nicht lästig."

Matilde brummte, daß sie zu alt zum Babysitten sei. Doch nachdem sie ein paar Minuten vor sich hingemurmelt hatte, war sie einverstanden und meinte, das Mädchen würde ihr wenigstens nicht die Ohren vollquatschen.

Amanda fragte sich, was für ein Leben Matilde führte, so allein in diesem stillen Haus. Sie hatte ihrer Herrin lange treu gedient, und nun hütete sie das Haus wie ein Heiligtum. Mehr als die Hälfte ihres Lebens hatte sie der Frau gewidmet, bei der sie angestellt war, und sie war wie der Schatten von Madame. Und jetzt dachte und redete sie sogar wie Madame.

Sie hatte Carla gemocht, weil Madame sie gern hatte, und sie hatte auch das abweisende Benehmen der alten Dame gegen andere übernommen. Unter dem ruppigen Äußeren verbarg sich bestimmt kein Herz aus Gold, davon war Amanda überzeugt, sondern ein böser, kratzbürstiger Charakter.

Amanda war froh, eine Weile von der Villa Chanson wegzukommen. Sie und Rick brachen früh auf, denn schon zur Frühstückszeit stieg ein flirrender Hitzeschleier von dem verdorrten Rasen auf, und keine Brise kräuselte das Wasser des Sees.

Rick verriet Amanda nichts von seinen Plänen, bis sie an dem Einkaufszentrum und der Reihe der Verwaltungstürme vorbei waren und die Außenbezirke der Stadt erreichten. Als sie zum Elm-Grove-Friedhof kamen, nahm er ihren Arm.

„Ich denke, wir sollten mal einen Blick hier reinwerfen. Wir wissen zwar, daß sie tot ist, aber es kann nicht schaden, wenn wir uns ihr Grab ansehen. Sie muß hier beerdigt sein und nirgendwo anders, wo sie doch so besessen war von dem Haus und dem See und allem. Außerdem steht in dem Brief, in dem Platt mir schrieb, daß sie gestorben ist: ‚Die Beisetzung fand auf einem Friedhof hier im Ort statt.' Das muß er sein."

Sie fanden sämtliche Tore geschlossen. Es war niemand zu sehen außer einem gebeugten, schlurfenden alten Mann, der offenbar taub war, denn er schien Ricks Rufe nicht zu hören.

Darauf versuchte Amanda ihr Glück. Es könnte sein, meinte sie, daß sie etwas in ihrer Stimme hätte, das höher und schriller sei und Taubheit durchdringen könne. Sie steckte ihren Kopf durch die Gitterstäbe des Tores und schrie aus vollem Hals.

Endlich bewegte der alte Mann sich in ihre Richtung. Er hatte offenbar in diesem Bereich des Friedhofs zu arbeiten, und es war wohl purer Zufall, daß er die beiden am Eingang bemerkte.

Er kam ans Tor und sagte mit krächzender Stimme: „Besuchszeit ist nachmittags. Hab meine Vorschriften. Muß die ganze Nacht und fast den ganzen Tag geschlossen halten. Wegen des Gesindels! Die reinsten Tiere sind das. Vor 'n paar Wochen ham die mehr als fünfzig Grabsteine rausgerissen und kaputtgemacht." Er schüttelte den Kopf. „Ich will verdammt sein, wenn ich weiß, was los ist auf der Welt ... Tut mir leid, aber ich kann Sie nicht reinlassen."

„He, sehen wir etwa wie Gesindel aus?" protestierte Rick. „Wir sind von auswärts. Wir konnten nicht zur Beerdigung unserer Großmutter kommen. Deshalb wären wir sehr erleichtert, wenn wir ihr Grab sehen könnten."

Er hatte eigentlich nichts Unwahres gesagt. Er hatte den Worten nur einen anderen Sinn gegeben. Und er hatte den alten Mann offensichtlich ziemlich beeindruckt. Der runzelte einen Moment zweifelnd die Stirn, dann nickte er. „Tja, wenn das so ist, kann ich Sie wohl reinlassen. Finden Sie das Grab allein?“

„Wenn Sie uns die Richtung zeigen . . .“

Er führte sie ein Stückchen einen schmalen Pfad entlang. Es war nicht schwierig, Madame Bonheurs Grab unter den anderen herauszufinden, denn ihr Grabstein war größer und kostbarer.

Es war ein Doppelgrab, und der Stein war durch eine Einkerbung in der Mitte geteilt. Die Inschrift auf der rechten Seite war blasser. Sie verzeichnete den Namen Maurice Bonheur sowie sein Geburts- und Todesdatum, das beinahe dreißig Jahre zurücklag. Madame Solange Bonheur war lange Zeit Witwe gewesen.

Ihr Name und ihre Daten waren in die andere Hälfte des Grabsteins eingemeißelt. Amanda und Rick hatten keinen Zweifel mehr. Madame Bonheur war tot und neben ihrem Gatten begraben.

5

Niedergeschlagen gingen sie zurück. Immer wieder murmelte Amanda leise vor sich hin: „Aber wie ist das möglich? Ich habe sie gesehen, ganz bestimmt! Wie könnte ich mich da irren?“

Als sie zur Stadtmitte kamen, schlug sie vor: „Wie wär's, wenn wir Roger Platt besuchen? Sein Büro muß hier irgendwo in der Nähe sein. Er war Madames Anwalt; er kann uns bestimmt helfen!“

Rick sagte: „Ach der! Wenn er uns nicht mal das richtige Datum der Testamentsverlesung angeben konnte, kann er nicht besonders helle sein. Er hat uns fünf Tage zu früh herbestellt und tut so, als wär das 'ne Bagatelle.“

Plötzlich blieb er stehen und zeigte auf ein nüchternes dreistöckiges Gebäude, das mit seinen schmalen Fensterschlitzen wie ein Gefängnis wirkte. „Nagelneu, was?“

Rick las die Namen unter dem Schild mit der Aufschrift PRAXIS- UND BÜROHAUS. Es waren vor allem Namen von Ärzten. Nur zwei Rechtsanwälte waren darunter, und einer davon war Roger Platt.

„Platt ist kein armer Schlucker, das steht fest. Ein

Irrtum oder zwei dürften den kaum erschüttern, wenn er sich so 'n bombastisches Büro leisten kann."

Sie waren in eine Nebenstraße eingebogen, wo ein ansprechendes rotes Ziegelgebäude fast den ganzen Häuserblock einnahm. Über dem Eingang war ein Schild angebracht, auf dem in goldenen Buchstaben stand: *Lake falls bote*.

Rick erklärte nicht, was er bei der Zeitung zu finden hoffte. Erst als er mit einem Mädchen sprach, das lächelnd an den Schalter kam, begriff Amanda, weswegen sie hier waren. Sie hörte allerdings kaum, worüber sie sprachen, weil es sie viel mehr interessierte, wie Rick auf die hübsche rothaarige Angestellte wirkte. Ihr Lächeln wurde immer breiter, und ihre braunen Augen blitzten.

Was geht das mich an? fragte Amanda sich streng. Rick ist nur ein alter Freund. Bei seinem guten Aussehen und seinen gewinnenden Manieren muß er ja auf Mädchen Eindruck machen – aber sie, Amanda, würde nicht dazugehören.

Rick fragte, ob er die Ausgaben des *Boten* von vor einem Jahr sehen könne, vor allem die mit dem Bericht von Solange Bonheurs Tod und Begräbnis.

Für eine kleine Stadt wie Lake Falls war der *Bote* eine sehr moderne Zeitung. Fernschreiber tickten geschäftig. Eine beachtliche Belegschaft bediente die unentwegt klingelnden Telefone, und hinter dem Büro befand sich ein kleiner Raum mit Mikrofilmen von Zeitungen, die vor Monaten und sogar Jahren erschienen waren.

Die rothaarige junge Dame zeigte Rick, wie man den Apparat bediente, dann ließ sie ihn und Amanda allein.

Binnen weniger Minuten hatte er die betreffende Spule gefunden und in die Maschine eingelegt. Er drehte an einem Knopf, und auf dem Bildschirm erschien eine Zeitungsseite. Das Datum lag etwa dreizehn Monate zurück. Durch Drehen an einer Kurbel konnte Rick Seite um Seite der Nummer erscheinen lassen. Dutzende von Todesanzeigen wurden sichtbar, aber keine von Madame Bonheur.

Amanda stieß einen leisen Seufzer aus. Rick drehte sich kurz zu ihr um und sagte: „Jetzt paß genau auf, ja? Hier muß es sein, wenn's überhaupt drinsteht."

Und Sekunden später stand es da, unmöglich zu übersehen, denn es hatte eine große, zweispaltige Schlagzeile:

Prominente Bewohnerin von Lake Falls
mit 76 Jahren gestorben

Mrs. Solange Bonheur, geb. Ledoux, Witwe von Maurice Bonheur, starb vergangene Nacht im Schlaf eines offensichtlich natürlichen Todes. Sie war 76 Jahre alt. Madame Bonheur, wie sie sich gern nennen ließ, ist in Frankreich geboren und kam vor 55 Jahren als Braut nach Amerika. Der Besitz der Bonheurs am Seeufer galt einst als Sehenswürdigkeit …

Der Bericht ging im folgenden ausführlich auf Maurice Bonheurs Verdienste als Übersetzer französischer Literatur ein und würdigte, daß seine Gattin am Gymnasium eine französische Bibliothek eingerichtet hatte.

Rick und Amanda überflogen den Rest, der sich mit dem Werdegang befaßte. Als sie zum Schluß kamen, lasen sie langsamer. Im letzten Absatz wurden üblicherweise die Hinterbliebenen aufgezählt. Nur Carla war mit wenigen Worten erwähnt.

> Madame Bonheur war die letzte ihrer Familie. Eine Enkelin, Miss Carla Bonheur, hat früher hier gewohnt; ihr derzeitiger Aufenthalt ist unbekannt.

In der zwei Tage später erschienenen Nummer lasen sie den Bericht über die Beerdigung. Die Messe wurde in der Kirche St. Bonifazius gelesen, wo Madame Bonheur Gemeindemitglied war. Sie wurde auf dem Elm-Grove-Friedhof neben ihrem Ehemann beigesetzt. Hochwürden Bede Cataldo hatte die Grabrede gehalten.

Rick zuckte die Achseln und machte eine wegwerfende Handbewegung. Sie waren beide so vertieft, daß sie den jungen Mann nicht bemerkten, der hereingekommen war, bis er sagte: „Suchen Sie was? Nur raus damit. Keine Geheimnisse!"

Amanda sah den Ärger in Ricks Gesicht, und sie ärgerte sich ebenfalls. Das hatte ihnen gerade noch gefehlt, daß ein Fremder seine Nase in ihr Vorhaben steckte! Und sie spürte sogleich, daß dieser junge Mann hartnäckig war. Er hatte ein listiges Glitzern in seinen dunkelbraunen, mit dichten dunklen Wimpern umrahmten Augen.

Er sah unglaublich gut aus. Die Sommersonne hatte Strähnen in seine Haare gebleicht, die ihm bis auf den Kragenrand wuchsen. Er hatte feine, ebenmäßige Züge, abgesehen von seiner Nase, die er sich wahrscheinlich auf dem Fußballplatz gebrochen hatte und die nicht wieder richtig zusammengewachsen war.

Er fragte: „Haben Sie was für mich?"

Rick antwortete nicht, und Amanda kam nicht dazu, denn Rick umfaßte ihren Arm. Sie gingen zur Tür hinaus, und Rick eilte brummend die Straße entlang. Dann fiel ihm Ellen ein, und er bekam Gewissensbisse, weil er sie so lange allein gelassen hatte.

„Wer weiß, was Matilde alles mit ihr angestellt hat... Woher sollen wir wissen, was sie in den vergangenen acht Jahren für ein Mensch geworden ist? Seit Madames Tod lebt sie allein. Das reicht schon, um wunderlich zu werden."

Jetzt war Amanda an der Reihe zu spotten, aber wenn sie es Rick auch nicht merken lassen wollte, so fiel ihr doch ein Stein vom Herzen, als sie Ellen im Musikzimmer fanden, wo sie eine Melodie auf dem Stutz-Flügel zu spielen versuchte.

Amanda winkte Rick in die Diele und sagte zu ihm: „Ich wollte dir noch was über das Musikzimmer erzählen."

Sie deutete mit dem Kopf dorthin und sprach mit leiser Stimme. Sie machte nicht den Fehler wie manche Menschen, die meinen, wer stumm ist, muß auch taub sein.

„Wir beide haben die Musik gehört. Wo hätte sie herkommen können, wenn nicht von hier? Also hätten wir hier anfangen sollen, statt in der ganzen Stadt herumzurennen, ohne daß was dabei rauskam."

Er machte ein gekränktes Gesicht. Es war klar, daß er ihre Bemerkung als Kritik auffaßte. Sie wollte es sich nicht mit ihm verderben, deshalb entschuldigte sie sich.

„Okay", sagte er unwillig, „vermutlich hast du recht. Also gut. Heute nacht bleiben wir beide wach und passen auf. Wir behalten das Musikzimmer im Auge – vielleicht können wir was entdecken. Du hast recht. Das hätten wir zuerst tun sollen. Aber laß bloß Ellen nicht merken, was wir vorhaben."

Als sie ins Musikzimmer traten, schenkte ihnen das Mädchen am Flügel ein sanftes, liebes Lächeln. Amanda fühlte einen Stich im Herzen. Ellen war so gutmütig, so geduldig. Sie mußte doch manchmal recht mutlos sein . . . Der Notizblock und der Kugelschreiber waren ihre einzigen Mittel, sich mitzuteilen. Niemand konnte wissen, was in ihr vorging. Es muß wie ein Leben in einer anderen, abgeschiedenen Welt sein, dachte Amanda. Ob Ellen nicht manchmal bange wurde in ihrer Einsamkeit?

Möglicherweise hatte Ellen die unheimliche nächtliche Musik auch gehört, und das war eine weitere Quelle ihrer geheimen Ängste geworden. Aber wie sie heute auf dem plüschbezogenen Klavierhocker saß, war ihrem Benehmen oder ihren Augen davon nichts anzusehen.

Um Ellen nicht merken zu lassen, was sie vorhatten, bewegten sich Rick und Amanda scheinbar absichtslos durch das Zimmer. Es war ein unordentlicher Raum; in den Ecken standen verschiedene Musikinstrumente und ein altes Grammophon, neben dem Schallplatten aufgestapelt waren.

Und überall Stöße von alten Notenheften. Einige stammten aus längst vergangenen Zeiten, da die Einbände mit rührenden Illustrationen geschmückt waren: ein pfeiferauchender Mann vor einem Kamin, über dessen Kopf sich der Qualm zu einem hübschen Mädchen mit lockigen Haaren formte; eine junge Frau, deren Kleidung, wie Amanda vermutete, um die Zeit der Jahrhundertwende modern war; ein Soldat in einer Uniform aus dem Ersten Weltkrieg.

Amanda und Rick schlenderten durch das Zimmer und trafen sich an der Verandatür. Sie sahen sich an, und Rick schüttelte den Kopf, womit er ihr zu verstehen gab, daß auch er die Durchsuchung zwecklos fand.

Sie konnten nichts anderes tun als warten, bis es dunkel wurde. Dann wollten sie versuchen, eine Erklärung für die seltsamen Ereignisse zu finden.

Aber was oder wer hinter dem Geheimnis steckte, spielte in dieser Nacht sein Katz-und-Maus-Spiel. Kein Weinen aus dem Turm, keine unheimliche Musik, kein Besuch in Amandas Schlafzimmer...

6

An diesem Tag hatte Rick einen eigensinnigen Zug um den Mund. Amanda erinnerte sich noch von damals an diesen Ausdruck, wenn Rick sich etwas in den Kopf gesetzt hatte und sich durch nichts auf der Welt davon abbringen ließ...

Es war zwecklos, ihm zu sagen, daß sie ja bald nach Hause fuhren und er es gewiß noch ein Weilchen durchhalten könnte. Er war entschlossen, der Sache auf den Grund zu gehen, und empfand es als persönliche

Beleidigung, daß er die ganze Nacht vergebens darauf gewartet hatte, daß etwas passierte.

Es trug nicht gerade zur Hebung seiner Stimmung bei, daß Ellen nicht zum Frühstück erschien. Auf seine Frage, ob sie krank sei oder bloß zu müde, sagte Matilde achselzuckend: „Woher soll ich das wissen? Ich bin kein Kindermädchen."

Nach dem Frühstück gingen Rick und Amanda hinauf, klopften an Ellens Tür und gingen hinein. Ellen lag im Bett. Als sie zu ihr traten, blitzte Angst in ihren Augen auf. Es war nur ein kurzes Aufflackern und verschwand so schnell, daß Amanda nicht sicher war, ob sie es wirklich gesehen hatte.

„Bist du krank?"

Ellen schüttelte den Kopf. Ihr Gesicht lag bleich auf dem Kissen, und ihr Mund war so verkniffen wie der ihres Bruders. Als Amanda ihr den Notizblock und den Stift reichen wollte, die auf dem Nachttisch lagen, wehrte Ellen ab.

Rick war gleichzeitig verärgert und besorgt. Mit barscher Stimme versuchte er Ellen zu überreden, ihm mitzuteilen, was ihr fehlte – tat ihr etwas weh, oder war ihr übel? Ob er ihr etwas bringen solle? fragte er. „Schreib's auf!" bat er. Sie solle auf den Block schreiben, was er für sie tun könne.

Ellen drehte ihr Gesicht zur Seite und machte damit deutlich, daß sie allein sein wollte. Also gingen sie. Sie waren beunruhigt, aber es fiel ihnen nichts ein, wie sie Ellen dazu bewegen könnten, ihnen zu verraten, was sie quälte.

Es wurde ein langer Tag, ein müßiger, vergeudeter Tag; und aus purer Verzweiflung gingen Rick und Amanda schließlich zu Matilde Gerard, um sie um Hilfe zu bitten.

Die beiden jungen Leute saßen in der Küche und tranken Kaffee, den sie gar nicht wollten; sie nahmen sich beim Leeren ihrer Tassen viel Zeit und waren froh, daß sie einen Vorwand hatten, ein paar Minuten bei Matilde zu verbringen.

Als sie merkten, daß die Frau allmählich ungeduldig wurde, rückte Rick mit dem Thema heraus, weswegen sie gekommen waren. Hier, in diesem makellosen Raum mit den Kupfertöpfen und -pfannen, die über dem Herd hingen, mit den Hängepflanzen an den Fenstern, die so heimelig wirkten, klang das, was Rick zu sagen hatte, grotesk. Wie konnten sie erwarten, daß Matilde ihnen das glaubte – Weinen in einem Turm, den keiner der jungen Leute je betreten hatte, eine auferstandene Tote, Musik, die mitten in der Nacht von unsichtbaren Händen gespielt wurde?

Als sie mit ihrem Bericht zu Ende waren, sprühten Matildes Augen Feuer. Ihr Körper war starr vor Entrüstung – doch als sie zu zetern begann, hatte Amanda den Eindruck, daß ihre Wut nicht ganz echt war. Sie blickte keinen von beiden an – als hätte sie hinter ihrem Zorn etwas anderes zu verbergen.

Wie häufig, wenn sie sich aufregte, benutzte sie Worte und Redewendungen aus ihrer Muttersprache.

„*A bas!* Lügen! Was ihr da erzählt, kann in Madames Haus nicht passieren! Die Zeit vergeht euch zu langsam, wie? Ihr langweilt euch, *n'est-ce pas?* Ihr denkt euch verrückte Geschichten aus, um euch zu amüsieren!“

„Es ist wahr, glauben Sie mir“, beharrte Amanda.

Die Frau warf ihnen einen bösen Blick zu und sagte mit krächzender Stimme: „Macht, daß ihr aus meiner Küche kommt! *Vitement!* Ich will nichts mehr hören!“

Sie gingen in die Diele. Rick verzog das Gesicht. „Das war nicht gerade 'ne glänzende Idee. Die Frau war 'n bißchen komisch, findest du nicht?“

„Komisch, inwiefern?“

„Na ja, eben komisch, seltsam.“

Sie wußte genau, was er meinte. Aber sie wollte es von ihm hören. Sie wollte sicher sein, daß sie aus Matildes Benehmen nichts herausgelesen hatte, was gar nicht da war.

Rick sagte: „Hast du nicht das Gefühl, daß sie hinter dem ganzen Gezeter etwas verschleiert? Als wäre es eine Tarnung für das, was sie wirklich denkt? So, und wie geht's jetzt weiter, *ma petite?*“

Sein Ton war leicht spöttisch. Der Ausdruck war nicht als Kosewort gemeint, das wußte Amanda. Aber dann legte er ihr den Arm um die Schulter und sagte: „Jetzt wird nicht gekniffen. Das wird durchgestanden, bis wir dahinterkommen, was das alles bedeutet." Sie stimmte rasch und bedenkenlos zu.

Er wolle noch einmal versuchen, mit Ellen zu sprechen, sagte er. „Das sieht ihr gar nicht ähnlich! Egal, was los war, launisch war sie nie. Was kann sie über Nacht so verändert haben?"

Amanda wußte keine Antwort. Sie sah ihm nach, als er zur Treppe ging. Sie war so bedrückt wie noch nie ... Es war zu optimistisch gewesen zu glauben, daß Rick das Rätsel lösen oder sie zumindest vor der Gefahr, die sie bedrohte, schützen könne.

Nachdem Rick zu Ellen gegangen war, fühlte sich Amanda in dem großen, düsteren Haus völlig verlassen. Sie spielte mit dem Gedanken, einen Spaziergang zu machen, aber sie hatte keine Lust, allein zu gehen. Die Bücher in Madames Bibliothek waren überwiegend französisch geschrieben, es gab allerdings auch ein paar Regale mit englischen und amerikanischen Klassikern.

Sie wußte, daß sie sich nicht aufs Lesen würde konzentrieren können. Sie dachte immerzu nur an das Geheimnis, das sie und Rick lösen mußten, und deshalb überwand sie ihren Widerwillen gegen das Musikzimmer und ging entschlossen hinein.

Die Abneigung entsprang der Gewißheit, daß die unheimliche Musik, die sie zweimal gehört hatte, von hier gekommen war. Außerdem erinnerte hier zuviel an Carla, die damals das Musikzimmer ständig mit Beschlag belegt hatte.

Amanda konnte sie fast vor sich sehen, wie sie am Flügel ihre frechen Liedchen sang, die sie selbst komponiert hatte, und in denen sie sich über alle anderen im Haus lustig machte – auch über ihre Großmutter, die sie angeblich so gern hatte, und über Matilde Gerard, in deren Augen sie nichts Unrechtes tun konnte.

Wo war sie jetzt, dieses nicht besonders hübsche Mädchen mit dem spitzen Kinn und den Augen, die für eine Sechzehnjährige seltsam altklug waren? Was war aus ihr geworden?

Amanda bewegte sich langsam und ein wenig furchtsam durch das Durcheinander. Die Fenster standen offen, doch die Hitze staute sich im Raum, und die Staubteilchen, die in den hereinfallenden Sonnenstrahlen tanzten, ließen das Zimmer noch heißer wirken.

Irgendwas stimmte nicht! Irgendwas war heute anders als sonst... Amanda bahnte sich einen Weg um die Gegenstände herum: Schemel, ein Notenständer, eine Büste von Chopin auf einem Sockel. Amanda konnte zunächst nicht sagen, worin die Veränderung bestand. Der Flügel war an seinem Platz, ebenso das Grammophon, die Gitarre, das Banjo und ein ihr unbekanntes Saiteninstrument. Dann die Notenblätter – das war es: die Notenblätter! Sie waren überall verteilt, lagen auf einem Tisch, auf dem Flügel, auf dem Grammophon, auf einem Stuhl bei der Tür. Die Stapel waren an so auffälligen Stellen im Zimmer plaziert, daß sie unmöglich zu übersehen waren.

Amanda konnte sich nicht erklären, was das sollte. Es war ein unheimlicher Gedanke, daß jemand die altmodischen Deckblätter neu geordnet haben sollte. Kein wehmütiger Herr war mehr zu sehen, der von einem Mädchen träumte, das er im Qualm seiner Pfeife sah, keine lockige junge Dame, die auf einem Halbmond saß, kein Soldat aus dem Ersten Weltkrieg.

Den Gedanken, daß Matilde im Musikzimmer saubergemacht hatte, verwarf Amanda gleich wieder. In den Ecken lag Staub; der Teppich mußte dringend gesaugt werden. Es herrschte das übliche Durcheinander. Wenn Matilde saubergemacht hätte, dann wäre sie gründlich vorgegangen – aber sie hatte nichts dergleichen getan.

Doch Matilde wußte etwas, davon war Amanda inzwischen fest überzeugt. Sie dachte an den Blick der Frau, als sie kürzlich mit ihr gesprochen hatten. Als die beiden sie ausfragten, waren ihre Augen ihnen ausgewichen, als könnte sie ihnen nicht direkt ins Gesicht sehen. Als Amanda jetzt wieder darüber nachdachte, verstärkte sich ihr Eindruck, daß Matildes Wut nur oberflächlich war und daß sie dahinter ihren wahren Gedanken verbarg.

Obwohl Matildes Schlafzimmer im rückwärtigen Teil des Hauses lag, hätte sie die Musik in diesen beiden Nächten unbedingt hören müssen ... Sie hatte vielleicht auch Madames schweres Parfum gerochen, das sie bestimmt wiedererkannt hätte!

Möglicherweise hatte sie die Notenblätter neu geordnet, um die jungen Leute zu verwirren: ein Trick, um das Eigentliche nicht preiszugeben...

Nachdem Amanda das alles ausgeknobelt hatte, wollte sie Rick unbedingt ihre Theorie mitteilen. Sie raste die Treppe hinauf, verlangsamte jedoch dann ihre Schritte, um leise in Ellens Zimmer zu gehen, wo sie Rick vermutete.

Aber er war nicht dort. Als sie die Tür so geräuschlos wie möglich öffnete, sah sie, daß es dunkel im Zimmer war. Die Vorhänge waren zugezogen, und die Lampen auf dem Nachttisch und der Kommode brannten nicht.

Amanda schlich auf Zehenspitzen ans Bett, wo Ellen trotz der stickigen Luft und der drückenden Hitze zusammengekuschelt unter einer dicken Daunendecke lag.

Sie konnte nicht erkennen, ob Ellen schlief. Sie atmete tief und gleichmäßig; ihr Haaransatz war schweißbedeckt. Jetzt wollte Amanda Rick erst recht finden. Sie ging im zweiten Stock von Zimmer zu Zimmer, öffnet die Türen, warf einen Blick hinein und schloß sie wieder.

Sie machte so wenig Geräusch wie möglich und hoffte, Matilde nirgends zu begegnen. Die Suche dauerte länger als erwartet. Es waren so viele Räume, manche unmöbliert, andere offenbar Gästezimmer, die nur das Nötigste enthielten: Bett, Kommode, ein oder zwei Stühle. Madame hatte nicht gern Gesellschaft gehabt, das fiel Amanda jetzt wieder ein. In den Sommern, die Amanda in der Villa Chanson verbrachte, hatte Madame nicht oft Gäste gehabt. Amanda konnte sich an keine Partys in dem großen Haus erinnern; niemand schwamm im See außer den jungen Menschen, niemand außer ihnen hatte die Boote benutzt.

Auf ihrem Weg durch das Haus fand Amanda die Turmzimmer verschlossen, genau wie früher. Ein wenig entmutigt ging sie nach unten, wo sich zwei Empfangszimmer befanden, ferner die Bibliothek, ein Salon und das Arbeitszimmer, das offensichtlich Maurice Bonheur gehört hatte.

Und nirgends eine Spur von Rick.

Amanda bekam allmählich Angst. Sie versuchte sich einzureden, das sei albern. Rick war durchaus imstande, auf sich aufzupassen. Aber das vermochte die Angst nicht zu vertreiben, die sich zu Panik steigerte. Amanda mußte immerzu daran denken, daß Carla Bonheur an einem Sommertag vor acht Jahren an diesem Ort verschwunden war und seitdem nicht wieder gesehen wurde.

Amanda zwang sich, nach draußen zu gehen. Die Sonne schien nicht mehr, der Himmel hatte sich verfinstert, und drohende Wolken kündigten einen Sturm an. In diesem Augenblick schien die ganze Welt stillzustehen; alles war in völlige Starre verfallen. Kein Blatt bewegte sich, und die nistenden Vögel gaben keinen Laut von sich.

Es herrschte eine seltsame und unheimliche Stimmung, und Amanda mußte sich überwinden, die Stufen hinabzusteigen und den Weg entlangzugehen, der zum Wasser führte.

An der einen Hausseite erstreckte sich eine Gruppe niedriger Bäume und Sträucher. Amanda schlug diese Richtung ein, denn hätte sie die entgegengesetzte genommen, wäre sie zu dem Steg gekommen, wo das Ruderboot und das größere Boot vertäut waren. Sie wollte den Steg und die Boote jetzt nicht sehen; der bloße Gedanke daran ließ ihr das Blut gefrieren.

Sie blieb stehen und überlegte, ob sie die Suche fortsetzen oder umkehren sollte. Sie hatte sich noch nicht entschieden, als sie das Knacken eines Zweiges hörte.

Sie wirbelte herum und sah flüchtig eine Gestalt, die sich in dem Augenblick, als sie sich umdrehte, ins Gebüsch duckte. Es war nicht Rick.

7

Sie wich zurück. Ihre Absätze versanken in dem sumpfigen Untergrund. Dann machte sie kehrt, und plötzlich war ihre Stimme von dem Klumpen befreit, der ihr die Kehle verstopft hatte. Schreiend rannte sie zum Haus.

Sie hörte stampfende Füße hinter sich, als sie kurz stehen blieb, um Luft zu holen. Derjenige, der sie verfolgte, holte auf – die Schritte wurden lauter! Amanda versuchte schneller zu rennen, aber sie stolperte über eine Baumwurzel und fiel hin.

Ihre Hände griffen in die weiche Erde, und ihre Knie schlugen so heftig auf, daß ein Ruck durch ihren ganzen Körper ging. Als sie sich hochrappelte, hatte der Mann sie eingeholt. Seine Hände umfaßten ihren Arm mit festem Griff. Sie öffnete den Mund, um wieder loszuschreien, doch der Mann schüttelte sie, nicht gerade grob, aber doch kräftig.

„Na, na!“ sagte er in forschem Ton. „Was soll das Geschrei? Tut mir leid, daß ich Sie erschreckt habe, aber deswegen müssen Sie doch nicht gleich brüllen wie am Spieß! Und wie geht's sonst?“

Amanda blinzelte und sah ihm ins Gesicht. Sie wußte, daß sie ihm schon mal begegnet war, aber in der augenblicklichen Verwirrung konnte sie sich nicht darauf besinnen, wo das gewesen war.

„Wer sind Sie?"

Er machte ein verärgertes Gesicht. Er war ein gutaussehender junger Mann und war es offenbar gewöhnt, auf Mädchen einen solch nachhaltigen Eindruck zu machen, daß sie sich an eine Begegnung mit ihm erinnerten.

Unter seinem Blick fiel es ihr schließlich wieder ein. „Sie arbeiten bei der Zeitung!"

„Michael Blake, und ich wäre Ihnen dankbar, wenn Sie das nicht vergessen würden." Er runzelte scheinbar verärgert die Stirn, aber dann grinste er. „Eins muß ich Ihnen lassen, so laut wie Sie hab ich noch nie jemanden schreien hören. Sie sollten für die Olympischen Spiele trainieren! Können Sie sich die Schlagzeilen vorstellen? ‚Mädchen aus Lake Falls gewinnt Goldmedaille im Schreiwettbewerb.'"

„Ist ja klar, daß Sie in Schlagzeilen denken", sagte Amanda frostig. „Und wie wäre es, wenn Sie nächstes Mal an die Tür klopfen, wenn Sie was wollen? Ich bin es jedenfalls nicht gewöhnt, daß Leute herumlungern und hinter Bäumen hervorspringen und mich fast zu Tode erschrecken. Was tun Sie überhaupt hier, Superreporter Michael Blake?"

„Ich bin mehr Artikelschreiber als Reporter", erklärte er. „Zweimal wöchentlich hab ich 'ne Spalte, mit meinem Foto, und dann mache ich noch spezielle Storys. Und manchmal“, sagte er, wobei der Anflug von Stolz in seiner Stimme anschwoll, „stelle ich Ermittlungen für Reportagen an. So, jetzt kennen Sie die Geschichte von Michael Blake und seinem Aufstieg bei der Zeitung.“

Amanda kam er reichlich jung vor für einen, der es schon so weit gebracht hatte, aber da sagte er mit einem schiefen Grinsen: „Es hat natürlich nicht geschadet, daß die Zeitung meinem Onkel gehört. Aber merken Sie sich den Namen. Den werden Sie von jetzt an oft genug hören. Ich bin nämlich ins Fernsehen eingestiegen! Da ist wirklich Geld zu holen ...“

Trotz seiner Ungezwungenheit war etwas Beängstigendes am Benehmen dieses äußerst ehrgeizigen jungen Mannes mit dem zielbewußten Auftreten. Amanda hoffte, daß die Zeit nie kommen würde, da ...

Aber das, wovor sie sich fürchtete, war bereits geschehen, denn Michael Blake fragte: „Was gibt es über Solange Bonheur nachzuforschen? Wonach haben Sie und der Bursche, der bei Ihnen war, in der Mikrofilmkammer gesucht?“

Als sie ihn erschrocken ansah, erklärte er: „Ich hab Carol gefragt – Sie wissen schon, die Rothaarige –, und sie hat mir gesagt, wer Sie sind und was Sie wollten.“

Amanda rief entrüstet: „Dazu hatte sie kein Recht! Ich dachte, Leute in Ihrer Stellung hätten ein bißchen

Anstand im Leib, und man könnte sich darauf verlassen, daß sie den Mund halten.“

„Sie denken da an Ärzte oder Rechtsanwälte“, sagte er ruhig. „Wir beim *Boten* sind alle Zeitungsleute. Wenn es irgendwo eine Story gibt, können wir sie riechen. Klar haben wir Anstand – Treue zu der Firma, die uns bezahlt. Ansonsten – geschenkt.“

Er lächelte sie an. Und sie mußte sich gestehen, daß er ein charmantes Lächeln hatte, was ihm bestimmt zugute kam, wenn er einer unwilligen Quelle Informationen entlockte. Seine Augen dagegen hatten einen scharfen, lauernden Blick. „So, und nun zu dem Nachruf...“

Sie wandte sich rasch ab und preßte die Lippen zusammen. Sie würde ihm auf keinen Fall erzählen, daß sie und Rick hatten herausfinden wollen, ob Madame Bonheur wirklich tot war, und zwar schon seit mehr als einem Jahr.

„Sie wollen nichts sagen, wie?“ Er gab seiner Stimme einen spöttisch-drohenden Klang, und sein Lächeln verwandelte sich in ein finsteres Stirnrunzeln. Es war ihm ernst. Amanda versuchte nicht, sich darüber zu täuschen. Sie spürte, daß er ein hartnäckiger Mensch war. Er würde nicht eher ruhen, bis er alle Informationen hatte, die er brauchte.

Er wartete, bis sie den Weg erreichten, der zur Eingangstreppe führte, dann sagte er: „ Es hat was damit zu tun, daß dieser Tage Madame Bonheurs

Testament verlesen wird, nicht wahr? Das ist der Grund für die Versammlung der Sippe, hab ich recht?"

„Das hat Ihnen Roger Platt erzählt!" sagte sie ärgerlich.

„Schätzchen, eine Testamentseröffnung ist eine öffentliche Angelegenheit. Die wird sogar in der Zeitung angekündigt. Aber Sie haben mir einen Tip gegeben. Platt ist der Anwalt in diesem Fall? Danke!"

Wieder dachte sie, er würde nicht ruhen, bis er alles Wissenswerte herausgefunden hatte. Er würde jeden ausfragen, der sich auf ein Gespräch mit ihm einließ. Und wenn er es fertigbrächte, mit Matilde zu sprechen...

Amanda konnte sich die Schlagzeilen vorstellen:

TOTE ERSCHEINT ERBIN
SPUK IN DER ALTEN BONHEUR-VILLA

Es kam sogar noch schlimmer. Michael Blake fragte in scheinbar beiläufigem Ton: „Und was ist mit dieser Enkelin, die in dem Nachruf erwähnt ist? Aufenthalt unbekannt. Was ist mit Carla Bonheur passiert? Hat jemand sie gesehen? Hat sie sich irgendwo blicken lassen?"

Amanda zögerte. „Ich weiß nicht. Sie ist einfach – sie ist eben einfach weggegangen, und das war ihr gutes Recht. Sie war schließlich fast siebzehn."

„Ich kann mich vage erinnern“, meinte er. „Gab nicht viel Tamtam deswegen, stimmt’s? Damals vor acht Jahren sind die Kinder in Scharen von zu Hause abgehauen. War fast ’ne Art Epidemie. Ist aber jetzt so gut wie ausgestorben, man hört heutzutage nicht mehr viel von Ausreißern. Die meisten sind wohl zurückgekommen und haben sich vielleicht sogar häuslich eingerichtet. Aber das Bonheur-Mädchen wurde in dieser Gegend nicht mehr gesehen, stimmt’s?“

Amanda wünschte sich verzweifelt, ihn loszuwerden. Sie fürchtete, sie könnte etwas ausplaudern, was sie gar nicht sagen wollte. Sie dachte, wenn sie ihn inständig bitten würde zu vergessen, daß sie mit Rick im Büro des *Boten* gewesen war, würde er sich vielleicht ablenken lassen.

Sie trat dichter an ihn heran und legte sanft ihre Hand auf seinen Arm. „Michael . . .“

Ausgerechnet in diesem Moment kam Rick um das Haus herum.

Amanda sah, wie sein Gesichtsausdruck sich veränderte. Er blickte zuerst fragend und dann, als er Michael Blake erkannte, mißtrauisch. Die beiden Männer blinzelten sich an, während Amanda stotternd erklärte, daß sie sich aus dem Zeitungsbüro kannten.

„Als wir uns den Mikrofilm ansahen . . ., du erinnerst dich doch, Rick.“

Die Abneigung zwischen den beiden wurde in den

Blicken, die sie tauschten, in Michaels kurzem Brummen und in Ricks eisiger Stimme nur allzu deutlich.

„Warum sind Sie hier? Was wollen Sie, Blake?"

„Das habe ich der jungen Dame bereits gesagt. Ich bin wegen 'ner Story hier, und ich werde sie kriegen, so oder so."

„Aber nicht von uns!" fauchte Rick ihn an. „Ich darf Sie darauf aufmerksam machen, daß Sie hier unbefugt eingedrungen sind. Ich möchte nicht gerne grob werden, aber ich lasse Sie rausschmeißen, wenn Sie nicht schleunigst und leise verschwinden!"

Diese Redeweise war so untypisch für Rick, daß Amanda ihn nur sprachlos anstarren konnte. Sicher, er war verärgert über die Aussicht, daß die Geschichte in der Zeitung breitgetreten würde, aber Amanda fragte sich, ob Ricks Gereiztheit nicht noch einen anderen Grund hatte. Ein Anflug von Eifersucht vielleicht, weil er sie in scheinbarer Vertrautheit mit einem attraktiven jungen Mann antraf?

Rick machte abrupt kehrt und schritt die Stufen hinauf und ins Haus. Amanda lief hinter ihm her und rief seinen Namen. Er blieb oben stehen und wartete mit finsterer Miene auf sie.

Zu ihrer Überraschung entschuldigte er sich. „Ich wollte nicht dazwischenfahren. Du mußt dich hier maßlos langweilen, wo es nichts zu tun gibt. Ich nehme an, du hast das Recht, dich zu verabreden. Es ist bloß", er zuckte die Achseln, „ich bin nicht gerade erbaut von der Vorstellung, daß du mit einem Zeitungsreporter gehst – und ausgerechnet mit so einem jungen Streber. Das könnte Scherereien geben."

Amanda lachte. „Die haben wir sowieso. Und ich sage dir, dieser Mr. Michael Blake wird trotz seines Charmes nichts aus mir rauskriegen, was er verwerten kann. Und du irrst dich in noch einem Punkt: Ich hatte keine Verabredung mit ihm und werde auch keine haben."

Rick wirkte nicht sehr überzeugt. „Geht mich ja wohl auch nichts an. Ich hab kein Recht, dir deine Freunde vorzuschreiben. Du würdest nicht mit einem gehen, der . . ."

„Von ‚mit ihm gehen' kann keine Rede sein", sagte Amanda bestimmt. „Und von wegen langweilen – wie kann jemand sich langweilen bei den verrückten Sachen, die hier passieren?"

„Immer in der Nacht", erinnerte er sie. „In diesem Haus kann man ja Zustände kriegen. Deshalb mußte ich auch mal hier raus, bloß ein bißchen spazierengehen, mich hinsetzen und aufs Wasser gucken . . . Was für ein Schuppen!"

Ihre Augen folgten seinem Blick zur Treppe am Ende der Diele. Amanda spürte das gewohnte Unbehagen, als die Düsternis des Hauses sie umfing.

„Kannst du dir vorstellen, dein ganzes Leben hier zu

verbringen?“ fragte Rick. Er hörte sich jetzt freundlicher an, als hätte er Michael Blake vergessen. „Es ist, als legte jemand es darauf an, dieses Haus zum unheimlichsten Ort weit und breit zu machen. So, damit wären wir wieder bei Problem Nummer eins. Hast du ’ne Ahnung, was wir jetzt machen sollen?“

„Nehmen wir uns noch mal das Musikzimmer vor“, schlug sie spontan vor, und seine Augenbrauen hoben sich. „Ist dir da was Besonderes aufgefallen?“

„Ja, die Notenhefte sind neu geordnet!“ Sie schilderte ihm, wie sie vorhin in dem Zimmer ein so komisches Gefühl gehabt hatte, daß irgendwas verändert war, was sie zuerst nicht beschreiben konnte, und daß ihr Gefühl dann bestärkt wurde, als sie die Noten neu aufgestapelt fand.

„Komm, sehen wir’s uns noch mal an.“

Rick nahm ihren Arm und führte sie durch die Diele. Die Tür zum Musikzimmer stand offen. Das Dämmerlicht war wie Nebel, und die Möbel und die Musikinstrumente wirkten häßlich.

Sie gingen im Zimmer umher und betrachteten die Notenhefte, die in kleinen Stapeln auf den Tischen, dem Flügel und sogar auf Stühlen lagen.

Amanda musterte jeden Haufen mit wachsender Verwirrung. Dann drehte sie sich zu Rick um und flüsterte: „Was soll das bedeuten?“

8

Sie meinte die Titel der zuoberst auf jedem Stapel liegenden Notenblätter. Auf einem war außer dem Titel ein riesiges Kleeblatt zu sehen, das den Hintergrund für ein hübsches Mädchen in irischer Tracht bildete. *I Will Take You Home Again, Kathleen*, hieß das Lied.

In der Vergangenheit hatte Amanda hin und wieder jemanden dieses Lied spielen und singen hören. Als sie die zweite Seite aufschlug, erkannte sie den Text wieder. Sie konnte sich nicht erinnern, ob sie das Lied in diesem Haus oder woanders gehört hatte. Madames Gäste – die wenigen, denen Amanda begegnet war – gehörten jedenfalls nicht zu den Leuten, die sich um ein Klavier aufstellten und irische Volkslieder sangen.

An den Notenständer des Flügels lehnte ein ganz vergilbtes Notenblatt: *Come Back to Erin, Mavourneen.*

Amanda fragte Rick: „Wie konnte jemand, der so an seiner Heimat hing, und das war in diesem Fall Frankreich, so versessen sein auf die Musik eines anderen Landes? Was hatte Madame mit Irland zu tun? Wo liegt der Zusammenhang?“

„Ich bin nicht sicher, daß es da einen Zusammenhang

gibt. Es könnte ja auch reiner Zufall sein; vielleicht sind diese zwei Lieder die einzigen von der Sorte."

Er nahm ein Blatt vom Deckel des Grammophons, betrachtete es und schüttelte den Kopf.

„Hier sind welche, die nichts mit Irland zu tun haben, schau." Er reichte ihr das Blatt, nahm dann eins vom Klavierhocker und gab ihr auch das. Langsam las sie die Titel.

Home on the Range und *Home, Sweet Home.*

Rick fragte: „Sagen die dir was?"

„Nichts, außer daß beide das Wort *Home* im Titel haben. Und daß sie vorher nicht an auffälliger Stelle lagen. Sind noch mehr von denen da? Mal sehen, ob wir rauskriegen können, was das alles zu bedeuten hat."

Sie gingen durch das Zimmer und besahen sich die Titel der Lieder. Auf einem Stuhl bei der Tür fand Rick eins, das er offenbar für bedeutsam hielt. Auf dem Deckel war eine Hütte am Ende einer Straße abgebildet. Amanda las laut und langsam: *You're a Million Miles from Nowhere When You're One Little Mile from Home.*

„Die waren damals ganz schön sentimental", bemerkte Rick. „Kannst du dir vorstellen, wie sich das im Rockrhythmus anhört? Die waren wohl nur zum Singen gedacht, so mit schmalziger Stimme, weißt du."

Amanda ließ sich nicht ablenken. „Sieht ganz so aus, als wollte jemand System da reinbringen. Aber was hat

Kathleen Mavourneen mit einem Cowboy zu tun, der in den Hügeln zu Hause ist? Und wieso sind die Noten hier so plötzlich aufgetaucht? Als wir das letzte Mal hier waren, hat nichts davon so auffällig rumgelegen.“

„Meinst du etwa, jemand ist hier reingekommen, und weil er nichts anderes zu tun hatte, hat er das Zeug hier verteilt? Wer? Ellen bestimmt nicht. Wenn ich jetzt nach oben ginge, würde ich sie im Bett finden, wo sie den ganzen Tag gewesen ist, da bin ich ganz sicher. Oder denkst du an Matilde? Was hätte das für einen Sinn, wenn ...“

Er brach plötzlich ab, weil sich vom Ende der Diele ihre Schritte näherten.

Rick ging zur Tür und rief Matilde ins Musikzimmer. Sie war zum Ausgehen angezogen, trug ein dunkles, mit weißen Blumen bedrucktes Kleid, das hübsch geschnitten, aber längst aus der Mode war, dazu einen biederen Hut und makellos weiße Handschuhe. Über dem Arm trug sie einen Korb. Sie war unwillig, weil sie aufgehalten wurde, und weigerte sich, hereinzukommen.

„Wenn ihr heute abend was zu essen wollt, haltet mich lieber nicht auf. Ich bin sowieso schon spät dran“, grollte sie. „Der Supermarkt ist um diese Zeit überfüllt. Das waren noch Zeiten, als man bloß den Metzger anzurufen brauchte, und er brachte einem alles ins Haus. Und man konnte sich drauf verlassen, daß er anständige Ware lieferte. Da hat man nichts gekriegt, was man nicht auf den Tisch bringen konnte. Aber heutzutage, wen kümmert es da noch ...“

Sie brach ihre wehmütige Schwärmerei von der Vergangenheit ab und machte wieder ihr mürrisches Gesicht. Aber ein paar Augenblicke lang war sie sanfter gewesen, menschlicher, als die zwei jungen Leute sie je erlebt hatten. Das gab Amanda Mut, ihr eine Frage zu stellen.

„Wer war heute hier im Musikzimmer?“

Matilde wurde sofort, wie sie immer war: griesgrämig und unfreundlich. „Geht das schon wieder los mit deinen Geheimnissen, Fräuleinchen? Willst wohl unbedingt Unruhe stiften, was?“ Dabei wandte sie die Augen ab, und ihre Stimme erstarb, als sie ausrief: „Mon Dieu, so ein Unsinn!“

Sie machte kehrt und ging mit steif aufgerichtetem Rücken zur Haustür. Als sie außer Hörweite war, fragte Amanda Rick: „Ist dir aufgefallen, daß Matilde immer, wenn sie sich aufregt – oder vielleicht auch fürchtet –, französische Wörter und Ausdrücke benutzt?“

Rick antwortete nicht. Der neue Mißerfolg bedrückte ihn sichtlich, und Amanda fiel nichts ein, was seine Stimmung bessern könnte. Sie dachte an die erste Nacht, die sie nach acht Jahren in diesem Haus verbracht hatte, und an dieses Weinen im Turmzimmer.

„Warum haben wir nie versucht herauszufinden, was

da drin ist?" rief sie plötzlich. „Das ist doch nur logisch! Ich hab Geräusche gehört, die aus dem Turmzimmer kamen. Und wir sind dem nicht nachgegangen. Meinst du nicht, daß wir das nachholen sollten?"

„Ich gehe jede Wette ein, daß die Tür abgeschlossen ist und daß Matilde den Schlüssel hat", meinte er nachdenklich. „Aber vielleicht gibt es ja irgendwo einen zweiten."

„Am Haken neben der Hintertür", erinnerte sich Amanda. „Da hingen sie immer. Matilde hat natürlich ihre eigenen, aber dort hingen die Zweitschlüssel. Komm, sehen wir nach, ob wir sie finden..."

Sie eilten vom Musikzimmer durch die Diele in die Küche. Der Geruch von etwas, das Matilde gebacken hatte, hing noch in der Luft. Die Geranien auf der Fensterbank, die Kupfertöpfe und -pfannen an den Wänden, das alles wirkte sehr fröhlich. Man konnte sich nur schwer vorstellen, daß dieses Haus Unheil und Gefahr unter seinem Dach beherbergte.

Rick murmelte: „Fehlt bloß noch eine scheckige Katze auf dem Schaukelstuhl."

Mochte es in der Küche auch noch so gemütlich sein, Amanda drängte Rick hinaus. Bei der Aussicht, das Turmzimmer zu besichtigen, wuchs ihre Aufregung. Sie dachte, wenn sie den Schlüssel nicht fänden, würde sie zusammenbrechen und heulen.

Doch es war genauso, wie sie sich erinnert hatte: Das

Schlüsselbund hing an einem Haken neben der Hintertür. Rick sah alle Schlüssel durch, bis er den fand, den sie suchten. Er hatte ein kleines Schildchen mit dem Aufdruck *Turm 2*.

Er hatte eine komische Form, anders als die übrigen Schlüssel, die laut ihrer Kennzeichnung zu der Vorder- und Hintertür, dem Seiteneingang, den Schlafzimmern und den Vorratsräumen im Keller paßten.

Sie gingen nach oben. Es war ein spannender Augenblick, als Rick das kleine Stück Metall in das Schlüsselloch der Turmzimmertür steckte. Aber es geschah nichts. Er drehte den Schlüssel hin und her, doch es klickte nicht, und das Schloß ging nicht auf. Ricks Hände fummelten ungeduldig herum, schließlich ertönte ein leises Quietschen, und Rick rief: „Na also!"

Er umfaßte Amandas Arm, und zusammen gingen sie leise und vorsichtig hinein. Es war ein kleines rundes Zimmer und hatte den typischen Geruch von unbenutzten Räumen. Es müßte dringend gelüftet werden... Aber vor gar nicht langer Zeit mußte jemand hier gewesen sein, denn auf dem staubigen Teppich waren Fußspuren, die ziemlich frisch aussahen!

Von einer Zimmerecke aus führte eine Wendeltreppe nach oben. Rick stieg hinauf und kam dann zurück.

„Nichts von Bedeutung hier drin", sagte er enttäuscht. „Kein Möbelstück. Kein Hinweis, wessen Fußspuren das sein könnten."

Er deutete auf den Teppich zu ihren Füßen. „Sieh mal, Mandy – war das ein Mann oder eine Frau?“

Sie sah sich die Abdrücke genau an und sagte dann aufgeregt: „Sind das nicht zwei verschiedene? Schau, die einen sind größer als die anderen!“

Das Zimmer wurde nur von dem Licht erleuchtet, das durch die schmalen Fensterschlitze hoch oben in der Wand hereinfiel. Rick kniete sich hin und schüttelte den Kopf. „So was Dummes!“ sagte er. „Ich hätte eine Taschenlampe mitbringen sollen.“

Er setzte die Untersuchung der Fußabdrücke noch ein paar Minuten fort und meinte dann: „Du hast recht. Ich vermute, daß zwei Personen in diese Sache verwikkelt sind: zwei Personen auf der Treppe, als du hinuntergestoßen wurdest, zwei Paar Schuhe in diesem Zimmer – und das heißt, zwei Leute, die sie anhatten. Mandy, schau noch mal hin. Sind die kleineren nicht ausgesprochen zierlich? Auf den ersten Blick würde ich auf eine Frau tippen, aber es könnte auch ein Junge sein. Die Zehen sind abgerundet, wie bei Turnschuhen. Die trägt alle Welt, Jungen und Mädchen. Wir beide haben jetzt auch welche an. Also wissen wir bloß, daß vor kurzem zwei Personen hier drin waren, zwei Personen mit verschiedenen Schuhgrößen.“

Amanda dachte an das Weinen, das sie aus diesem Zimmer gehört hatte, und sie schauderte bei der Erinnerung. Ein bestürzender Gedanke, daß jemand hier lauerte, vielleicht wartete, bis sie schlief, um sie dann mit diesem schrecklichen Geräusch zu wecken.

„He, nicht schlappmachen!“ Rick schüttelte sie sanft. „Komm, wir verduften. Hier können wir nichts tun. Wieder kein Anhaltspunkt... Und was machen wir jetzt?“

Einen Moment später gab er sich selbst die Antwort auf seine Frage. „Du glaubst doch nicht, daß Ellen hier rumgegeistert ist, oder doch? Ist dir schon mal aufgefallen, was für kleine Füße sie hat? Größe sechsunddreißig. Wie wär's, wenn wir sie aufwecken und fragen, ob sie in diesem Zimmer war, seit wir wieder nach Lake Falls gekommen sind?“

Gesagt, getan. Aber als sie in Ellens Schlafzimmer traten, fanden sie es leer.

Sie war nirgendwo im Haus zu finden. Sie nahmen sich zuerst die Zimmer im Erdgeschoß vor, schauten in die Küche, ins Speisezimmer, in die Bibliothek, in Maurice Bonheurs Arbeitszimmer, in den Salon. Sie warfen einen Blick ins Musikzimmer, schlossen die Kellertür auf und riefen in das Dunkel hinunter. Das Echo ihrer Stimmen tönte dumpf zurück.

Jetzt bekam Amanda wirklich Angst. Sie sagte zu Rick, als sie wieder nach vorn gingen: „Es liegt an diesem gräßlichen Haus! Es ist, als wäre etwas Böses hier eingedrungen und die ganzen Jahre dringeblieben. Vorhin habe ich *dich* gesucht. Ich dachte, du wärst verschwunden. Und jetzt ist es Ellen. Wäre ich doch bloß nicht hierhergekommen! Und wenn ihr nicht gekommen wärt, wäre Ellen nicht..., sie wäre nicht..."

Diesmal spottete Rick nicht, und Amanda bereute, daß sie mit ihrer Angst um Ellen so herausgeplatzt war. Rick litt bestimmt schon genug unter seiner Sorge um die Schwester, die so auf ihn angewiesen war. Sein Gesicht war grimmig und entschlossen, und Amanda bedauerte ihn, weil er seine Ängste nicht aussprechen wollte, sondern sie lieber in sich einschloß.

Auch er dachte bestimmt daran, daß vor acht Jahren ein anderes Mädchen von hier verschwunden war und nie wieder gesehen wurde...

Sie gingen von Zimmer zu Zimmer. Viele waren leer, doch einige waren mit altmodischen Einrichtungsgegenständen möbliert, die im Laufe der Jahre offensichtlich gut gepflegt worden waren. Ricks Gesicht wurde immer grimmiger, und er preßte seine Kinnbacken so fest zusammen, daß ihm das Sprechen weh zu tun schien.

Plötzlich fiel Amanda etwas ein, und sie rief aus: „Wohin bist *du* gegangen?"

Er starrte sie verständnislos an. „Was?"

„Du warst eine Zeitlang verschwunden, und ich habe dich gesucht, so wie wir jetzt Ellen suchen, und dann bist du plötzlich wieder aufgetaucht..."

„. . . und bin in dein kleines Treffen mit Michael Blake, dem Superreporter, geplatzt.“

Amanda wollte etwas sagen, aber Rick ließ sie nicht zu Wort kommen. Er fuhr fort: „Ich hab einen Spaziergang gemacht. Ich hab’s in diesem Haus nicht mehr ausgehalten, ich mußte einfach raus. Zufrieden?“

„Rick, nicht böse sein.“ Sie legte sanft eine Hand auf seinen Arm. „Ich dachte ja nur, es könnte uns helfen, Ellen zu finden.“

„Entschuldigung!“ brummte er. „Aber ich werde langsam sauer. Ich sollte es nicht an dir auslassen. Wir müssen jetzt zusammenhalten.“

Der Nachmittag ging allmählich zu Ende, und obwohl Rick alle Lichtschalter anknipste, an denen sie vorüberkamen, schienen die langen Flure in Finsternis getaucht.

Matilde Gerard kam mit ihrem Korb voll Lebensmittel zurück. Amanda hatte noch eine kleine Hoffnung, daß Ellen schließlich doch beschlossen hatte, aufzustehen und hinauszugehen, und daß sie vielleicht Matilde getroffen hatte und mit ihr einkaufen gegangen war. Es war eine trügerische Hoffnung. Amanda sagte sich, sie hätte sich von vornherein daran erinnern müssen, daß Matilde mit keinem von den jungen Leuten auf so freundschaftlichem Fuße stand.

Sie stiegen noch einmal in das Turmzimmer hinauf.

Rick meinte verzweifelt, sie müßten dort etwas übersehen haben, einen Hinweis darauf, wer dort gewesen war und die Fußabdrücke auf dem staubigen Teppich hinterlassen hatte.

Sie sahen sich entmutigt an. Amanda wünschte, ihr würde etwas einfallen, womit sie Rick trösten und wegen seiner Schwester beruhigen könnte. Aber sie brauchte selbst Trost.

Dies ist bestimmt einer der schwärzesten Tage meines Lebens, dachte sie.

9

Das Abendessen war eine traurige, stille Mahlzeit. Ellens leerer Stuhl nahm Rick und Amanda den Appetit. Die Räume in der Villa Chanson waren sehr groß, und wie sie sich so an je einem Ende des Eßtisches gegenübersaßen, fühlten sich die zwei jungen Leute meilenweit voneinander entfernt. Amanda hielt es für sinnlos, hier noch länger herumzusitzen, denn sie brachte kaum einen Bissen hinunter und wußte, daß es Rick genauso erging.

Matilde bediente sie wortlos, aber sie konnte nicht sehr geschickt verbergen, was sie dachte. Die beiden spürten ihren Unmut, als sie halbvolle Teller abtragen mußte. Aber es war mehr als Ärger; sie wirkte gespannt und nervös.

Sie ließen Matilde über die verpatzte Mahlzeit brummen und gingen auf die Veranda. Die lange Dämmerung des Spätsommers wich der Dunkelheit, und die ersten Sterne erschienen am Himmel. Bei dem Gedanken, daß Ellen in der hereinbrechenden Nacht, womöglich unter Fremden, da draußen war, wurde Amanda angst und bange, und ihr Herz klopfte schneller.

„So kann es nicht weitergehen", bedrängte sie Rick. „Wir müssen die Polizei benachrichtigen! Wir haben schon viel zu lange gewartet. Wir müssen sie finden, bevor es richtig dunkel wird."

„Kannst du dir nicht denken, was dann passiert? Wenn wir die Polizei holen, kommt alles an die Öffentlichkeit, und es gibt einen Mordswirbel."

„Das ist doch egal", widersprach sie eigensinnig. „Rick, wie kannst du nur an so was denken, wenn Ellen weg ist? Wir müssen ..."

Er fuhr fort, als hätte sie gar nichts gesagt: „Dein Freund Michael Blake wird die Meute der Schnüffler anführen. Kannst du dir die Schlagzeilen vorstellen? Ich sehe sie genau vor mir: ‚Zweites mysteriöses Verschwinden in geheimnisvollem Haus.' Die Zeitung hat vermutlich alte Bilder von Carla im Archiv, vielleicht auch welche von Madame, und dann schicken sie einen Fotografen, der Aufnahmen von der Villa Chanson macht. Willst du die Fotos alle auf der Titelseite sehen?"

„Natürlich nicht! Aber viel länger können wir nicht mehr warten, Rick", erwiderte sie sanft. „Ich weiß, es fällt dir schwer, dich mit der Wahrheit abzufinden. Wir könnten die ganze Nacht so weitermachen und uns einreden, daß Ellen bloß einen Spaziergang macht und jede Minute auftaucht. Aber das kann gar nicht sein. Sie geht doch nie alleine weg, oder? Und dann ist es auch gefährlich ..."

Sie wollte auf die Gefahr hinweisen, die dort lauerte, wo der Rasen zu Ende war – das Wasser, jetzt schiefergrau und trübe schimmernd. Aber sie brachte die Worte nicht heraus.

Sie konnte die Qual nicht vergrößern, die in Ricks Augen lag. Sie wußte, daß er trotz seines Geredes von Zeitungen mit ihren taktlosen Bildern und Storys mehr Angst hatte als sie.

Rick und Ellen hatten sich immer gut verstanden. Schon vor dem Unfall hatte er mit seiner anhänglichen kleinen Schwester immer viel Geduld gehabt – auch damals, als er dauernd Carla Bonheur nachlief.

„Also gut", willigte er schließlich ein, „wir brauchen Hilfe."

In diesem Moment raschelte es im Gebüsch, Zweige knackten, und als die beiden sich umdrehten, stand Ellen auf dem Weg, der zur Veranda führte.

Rick rannte die Stufen hinab und schloß sie in seine

Arme. Er drückte sie an sich, und nach dieser kurzen, erleichterten Umarmung schimpfte er mit ihr.

„Ich bin fast verrückt geworden vor Angst!" Obgleich seine Miene streng und vorwurfsvoll war, sah Amanda die Zärtlichkeit in seinen Augen. „Wo hast du die ganze Zeit gesteckt?"

Ellen lächelte nur. Als er die Frage wiederholte, zuckte sie die Achseln und drehte die Handflächen nach oben. Amanda wußte inzwischen, daß Ellen mit gewissen Gesten Dinge ausdrückte, die sie nicht sagen konnte. Diese Geste aber schien ohne Bedeutung, und Ricks Stimme klang ein wenig ungehalten. „Ellen, weich mir nicht aus! Komm, sag uns, wo du gewesen bist. Nimm deinen Block..."

Sie nahm Kugelschreiber und Notizblock aus ihrer Rocktasche. Sie schrieb ein Wort, riß den Zettel ab und gab ihn ihrem Bruder. „Musikzimmer."

Er las es Amanda vor. „Was soll das heißen? Wir haben dort nachgesehen, stimmt's, Amanda? Haben wir nicht sämtliche Zimmer im Erdgeschoß durchsucht?"

Amanda nickte. Sie dachte daran, wie sie in alle Zimmer geschaut hatten, auch ins Musikzimmer. Wenn Ellen dort gewesen wäre, hätten sie sie gesehen! Es sei denn, sie hätte sich versteckt gehalten.

Hatte sie etwa ein Spiel mit ihnen getrieben, um die Langeweile in diesem düsteren alten Haus zu vertreiben? Aber das war kein lustiger Streich mehr; und außerdem, als sie Ellen zuletzt gesehen hatte, lag das Mädchen zusammengekuschelt im Bett und fühlte sich offenbar nicht ganz wohl.

„Ellen“, fragte Amanda ruhig, „was hast du im Musikzimmer gemacht? Wir haben dich stundenlang gesucht. Ist dir eigentlich klar, was Rick und ich deinetwegen durchgemacht haben?“

Ellens Augen hatten einen eigentümlichen Ausdruck, der schwer zu deuten war. Vielleicht war es Sturheit, eine Entschlossenheit, nicht mehr zu verraten, als sie bereits preisgegeben hatte. Dann aber wurde ihr Blick sanft, bittend. Hätte sie sprechen können, so hätte sie vielleicht gebeten, daß man sie nicht zu einer Antwort drängen möge.

„Aber du mußt uns sagen, wo du gewesen bist“, beharrte Rick.

Ellen schrieb geschwind etwas auf den Block, als hätte sie nichts dagegen, diese eine Frage zu beantworten. „Hab einen Spaziergang gemacht.“ Rick las die Worte und fragte: „Allein?“

Ellen nickte. Rick wäre noch weiter in sie gedrungen, wenn Amanda sich nicht eingemischt hätte. „Laß es gut sein, Rick. Siehst du nicht, daß sie ganz erledigt ist?“

Die Erschöpfung stand in ihrem blassen, müden Gesicht geschrieben. Als sie Amanda dankbar zulächelte, war der duldsame Zug verschwunden. Es sah

6 9072-11

aus, als wollte sie ihre Lippen zwingen, sich zu bewegen. Als Amanda sie fragte, ob sie hungrig sei, schüttelte sie heftig den Kopf. Sie rückte immer näher zur Tür, als wolle sie unbedingt weg von ihnen. Amanda war entschlossen, das zu verhindern. Sie nahm sich vor, Ellen diese Nacht nicht aus den Augen zu lassen...

Sie begleitete Ellen in ihr Zimmer hinauf. Sie zog die Rollos herab und knipste eine Lampe an, während Ellen sich auszog und unter die Bettdecke schlüpfte.

Im Zimmer war es immer noch warm und stickig. Keine Brise wehte durch das offene Fenster herein, kein Lüftchen bewegte sich.

„Ich zieh sie wieder hoch, wenn du einschlafen willst und ich das Licht ausmachen kann“, sagte Amanda. Und fuhr mit sanfter Stimme fort: „Ellie, Herzchen, du weißt, wie gern Rick und ich dich haben! Du kannst dir denken, was wir für eine Angst ausgestanden haben, als du heute nachmittag einfach verschwunden bist. Versprich mir, daß du das nicht noch mal machst! Bald fahren wir nach Hause – also laß uns das Beste draus machen, solange wir noch hier sind.“

Sie verspürte eine leichte Wehmut bei dem Gedanken, sich von dem Mädchen zu trennen, das sie immer gerngehabt hatte und das ihr in den vergangenen zwei Tagen noch mehr ans Herz gewachsen war. Was sie bei der Trennung von Rick fühlen würde..., daran wollte sie lieber nicht denken.

Aber sie redete mit Ellen über ihn. „Du hast deinem Bruder schreckliche Sorgen gemacht." Sie ging wieder ans Fenster, um das Rollo hochzuziehen. „Und falls es etwas gibt, das du uns mitteilen solltest, etwas, von dem wir nichts wissen, dann denk daran, daß wir alle zusammen hier drinstecken..."

Sie brach plötzlich ab, weil ihr das Rollo aus den Händen glitt; es sauste nach oben und wickelte sich geschwind auf.

Amanda streckte die Hände hinauf, konnte es aber nicht erreichen. Sie murmelte „Verdammt!" und holte einen Stuhl, um hinaufzusteigen. Sie blickte nach draußen und erschrak so, daß sie fast das Gleichgewicht verloren hätte und vom Stuhl gefallen wäre!

Ein Mann in Sportsakko und heller Hose stand im Schatten eines Baumes und starrte auf das Haus.

„Schöne Bescherung", sagte Rick, als sie es ihm erzählte. „Das hatten wir doch schon mal, erinnerst du dich? Kann doch nicht etwa Rumtreiber Nummer zwei sein, wie? Wer anders als dein Freund Michael Blake würde hier im Halbdunkel rumlungern? Vielleicht ist er so in dich verknallt, daß er hier herumschleicht in der Hoffnung, einen Blick auf dein liebliches Gesicht zu erhaschen. Vielleicht nimmt er all seinen Mut zusammen und kommt her, um dich um eine Verabredung zu bitten."

Der kindische Anfall von Eifersucht hätte Amanda unter anderen Umständen amüsiert, vielleicht sogar gefreut. Aber jetzt war sie nur verstimmt.

„Zu deiner Information", sagte sie kühl, „das war nicht Michael, den ich da gesehen habe. Dieser Mann war stämmiger und, soviel ich sehen konnte, wesentlich älter. Und er sah", fügte sie hinterhältig hinzu, „nicht halb so gut aus. Was soll's, ich geh runter und sehe nach, ob er noch da ist. Wenn du mitkommen willst, gut! Wenn nicht, geh ich allein."

„Es ist verrückt", jammerte er, „aber du weißt genau, daß ich dich bei so was nicht im Stich lasse." Er sah plötzlich zu Ellen hinüber, als fiele ihm gerade ein, daß sie auch noch da war. Sie hörte aufmerksam zu und beobachtete die beiden mit großem Interesse. Rick sagte zu ihr: „Es ist nichts, Herzchen. Unsere Freundin Amanda hat nun mal die Macht, alle möglichen liebestollen Verehrer anzulocken. Der da ist vermutlich nur einer von vielen. Den knöpfen wir uns jetzt vor! Wir sind in ein paar Minuten zurück."

Amanda schwieg entrüstet, während sie nach unten gingen. Sie führte ihn zu dem Baum, unter dem der Fremde gestanden hatte. „Hier war's."

Es war niemand in Sicht, weder hier noch anderswo.

„Natürlich, keiner da", schimpfte Rick. „Das hätte ich mir denken können, daß es einem nicht so leicht gemacht wird."

Er wollte nicht mehr über den Mann sprechen, den Amanda gesehen hatte oder, wie Rick meinte, gesehen zu haben glaubte. Obwohl Amanda beharrlich behauptete, daß sie wirklich einen fremden Mann dort hatte stehen und zu den Fenstern hinaufstarren sehen, gab Rick ihr klipp und klar zu verstehen, daß es ihm egal war.

Statt dessen faßte er Pläne für die kommende Nacht. Das müsse auf der Stelle in Angriff genommen werden, sagte er grimmig. Die Gefahr schien zu wachsen...

Er wollte die Nacht unten in Maurice Bonheurs Arbeitszimmer verbringen. Von dort konnte er alles sehen oder hören, was im ersten Stock vorging. Er wollte warten, bis alles im Haus schlief, und dann hinunterschleichen und Wache halten.

Er war sich noch nicht schlüssig, was er als Waffe benutzen wollte, aber er versicherte Amanda, daß er eine auftreiben und – falls nötig – auch benutzen würde.

Das war bloß Angabe, vermutete Amanda. Sie hoffte es jedenfalls, aber sie war nicht ganz sicher. Er gab ihr damit einen neuen Grund zur Sorge. Sie hatte von Leuten gehört, die nicht mit Schußwaffen umgehen konnten und schreckliche Sachen damit anstellten, sich etwa die eigenen Zehen wegschossen. Sie fragte sich bange, ob Maurice Bonheur eine Waffe im Haus gehabt hatte und ob Rick wußte, wo sie aufbewahrt wurde.

„Ruf mich, wenn du mich brauchst", bat sie. „Unternimm nichts, bevor ich nicht bei dir bin."

Er sah sie lange nachdenklich an und sagte schließlich: „Abgemacht. Dafür bleibst du bei Ellen, ja?"

Sie nickte, und die lange, dunkle, schreckliche Nacht begann.

10

Die Musik weckte sie auf. Zunächst konnte sie sich nicht besinnen, wo sie war. Dann setzte ihre Erinnerung ein: Sie war am frühen Abend mit ihrem Kissen und einer Decke in Ellens Zimmer gezogen und hatte sich dort in einem Sessel niedergelassen, mit dem Vorsatz, nicht einzuschlafen. Sie wollte die ganze Nacht hier verbringen und wach bleiben, um alle Geräusche zu hören, die die tiefe Stille unterbrachen.

Sie hatte die Tür zum Flur offengelassen und dort eine Lampe brennen lassen. Sie dachte eigentlich, daß Ellen sich wundern würde, wieso sie einen Gast in ihrem Schlafzimmer hatte, aber Ellen lächelte nur und nickte, als Amanda ihr erklärte, daß sie die ganze Nacht in dem Sessel verbringen wolle. Die erwartete Frage auf Ellens Block blieb aus. Ellen nahm es einfach gehorsam hin und schlief rasch ein. Es war, als sei sie froh, ins Vergessen zu entfliehen.

Amanda, die so fest entschlossen war wachzubleiben,

döste eine Weile und sank dann in tiefen Schlaf.

Die Musik kam von unten, klagende, wehmütige Töne. Amanda wußte nicht, wie lange sie schon gespielt hatte, ehe sie es merkte. Anfangs war es, als gehöre die Musik zu einem Traum, aber jetzt war Amanda hellwach, und sie atmete tief und schaudernd ein. Das war die gleiche Musik, die sie neulich gehört hatte, aber sie kam ihr jetzt lauter und trauriger vor.

Amanda warf die Decke zur Seite und stand auf. Sie war halbwegs an der Tür, leise, um Ellen nicht aufzuwecken, als die Musik aufhörte. Und da roch sie das Parfüm!

Es gab keinen Zweifel. Madame hatte stets einen schwachen Veilchenduft an sich gehabt. Der Geruch war jetzt aber so stark, daß Amanda leicht würgen mußte. Madames Zimmer lag nach vorne heraus. Es war der einzige Raum, den Amanda und Rick bei ihrer Suche nach Ellen ausgelassen hatten. Was sie als Schlafzimmer bezeichneten, war eigentlich eine kleine Suite mit einem Wohnraum und Madames eigenem Bad sowie einem Ankleidezimmer. Eine alte, von früher herrührende Scheu hatte die jungen Leute abgehalten, dort hineinzugehen. Während der Sommer, die sie in der Villa Chanson verbracht hatten, war ihnen der Zutritt zu Madames Privaträumen verboten gewesen.

Amanda hatte nur hier und da einen flüchtigen Blick hineinwerfen können, wenn die Tür offenstand und

Madame sich aus einem bestimmten Grund in diesem Teil des Hauses aufhielt. Sie hatte eine zierliche Spitzendecke auf dem Bett erspäht, mit lavendelfarbenen Seidenbändern zurückgeraffte Vorhänge, viele Spiegel, einen Schminktisch und überall Madames Lieblingsfarbe, ein blasses Purpurrot.

Auf dem Flur zögerte Amanda. Warum kam Rick nicht? Er hatte gesagt, sie müßten zusammenhalten. Er war doch in Maurice Bonheurs Arbeitszimmer im Erdgeschoß. Er hätte die Musik hören oder davon aufwachen müssen, falls er geschlafen hatte...

Sie wollte auf keinen Fall allein durch dieses gräßliche Haus wandern, und jetzt schon gar nicht, denn sie glaubte eine flüchtige Bewegung hinten im Flur zu sehen, dort, wo der Veilchenduft herkam.

„Rick?"

Rick konnte es nicht sein. An dieser Bewegung war etwas, das sie an Madame erinnerte, als sie sich damals hinter ihnen herangeschlichen hatte, um sie bei einer Unart zu erwischen. Wenn es ihr gelang, war jedesmal Carla die Schuldige gewesen, doch die war immer ungestraft davongekommen.

Rick kam aus der anderen Richtung. Sie hörte seine Schritte hinter sich und wirbelte herum, einen erstickten Schrei in der Kehle; ihr Herzschlag stockte, bis sie ihn erkannte.

„Wolltest du mich zu Tode erschrecken?" zischte sie.

„Das hättest du fast geschafft!"

Er entschuldigte sich und gestand, daß er eingeschlafen war. „Als ich zu mir kam, hab ich die Musik gehört. Aber sie brach gleich darauf ab. Ich hab was Dummes gemacht", fügte er zerknirscht hinzu. „Ich hab in Monsieurs Sammlung ein Jagdmesser gefunden, und dann hab ich's verlegt. Bin weiß Gott ein großer Detektiv, was? Bis ich es endlich fand, hatte die Musik aufgehört, und als ich schließlich ins Musikzimmer kam, war niemand da. Ich hatte ein komisches Gefühl da drin – ich weiß auch nicht, wieso. Das Fenster war offen, es war bestimmt nicht kalt, und trotzdem fröstelte mich." Er schauderte bei der Erinnerung. „Es war leer. Ich hab mich genau umgesehen. Es war niemand drin."

Er hob den Kopf und schnupperte. „Was ist das für ein gräßlicher Geruch? Das ist ja, als hätte jemand einen ganzen Liter Parfüm ausgeschüttet."

„Madames Veilchen! Erinnerst du dich nicht?"

„Doch, jetzt wo du's sagst. Aber es roch nie so stark, daß es einen umhauen konnte. Woher kommt es? Von da drüben?" Und er spähte durch die Finsternis zum anderen Ende des Flurs. „Wieso bist du hier und nicht in Ellens Zimmer?"

„Wegen derselben Sache wie du. Ich versuche den Dingen, die sich hier abspielen, auf den Grund zu gehen."

Sie erzählte ihm, daß sie jemanden hinten bei Madames Schlafzimmertür gesehen zu haben glaubte. Und er fragte: „Schon wieder das Phantom?“ Als er aber sah, wie sie die Lippen zusammenpreßte, fügte er hastig hinzu: „Na ja, du klangst nicht gerade sehr überzeugt, daß du es wirklich gesehen hast. Und außerdem glaube ich nicht, daß es viel nützt, wenn wir hier so rumhängen. Laß uns runtergehen in die Küche, ein Glas Milch trinken und vielleicht ein paar Brote machen.“

Sie sagte ungläubig: „Um diese Zeit? Da kannst du an Essen denken?“

Er verteidigte sich: „Ich hab heute abend nicht viel gegessen. Und denk dran, ich bin noch ein Heranwachsender ... Ich bin durch die Küche über die Hintertreppe raufgekommen, und da bin ich nicht stehengeblieben, um was zu essen.“ Er brachte es irgendwie fertig, ungeheuer beherrscht zu wirken.

Sie sagte rasch: „Na gut, du Heranwachsender! Damit du ja nicht zusammenklappst. Aber wir gehen vorne herum nach unten. Soweit ich mich erinnere, ist die Hintertreppe ziemlich steil und düster.“

Er nahm ihre Hand, und sie gingen zur Treppe. Amanda legte ihre Hand auf das Geländer und wollte den ersten Schritt abwärts tun, als Rick seinen Griff plötzlich verstärkte und sie zurückriß.

Sie stieß einen Protestschrei aus, aber er zeigte auf eine Schnur, die quer vor die Treppe gespannt war, und sagte: „Schau mal!“ Es war ein Stück gewöhnliche rote Kordel, wie man sie in Geschäften benutzt, um Schachteln und Päckchen zu verschnüren, insbesondere solche, die Backwaren enthalten.

Amanda klammerte sich an das Geländer. Mit von Entsetzen erfüllter Stimme sagte sie: „Wir sollten darüber stolpern und die Treppe runterfallen! O Rick!“

Er bückte sich, um die Schnur zu untersuchen. Er berührte sie vorsichtig mit einer Hand, um die Stärke zu prüfen.

„Nein, das glaube ich nicht.“ Er richtete sich wieder auf. „Ich muß mir das genauer ansehen, wie sie befestigt ist und so. Ich hab eine Taschenlampe in meinem Zimmer. Ich bin gleich wieder da.“

„Du willst mich doch nicht hier allein lassen!“ protestierte sie. „Wo du weißt, daß jemand mir diese Falle gestellt hat, während ich schlief!“

Aber da war er schon weg. Nach ein paar Minuten kam er mit der Taschenlampe zurück. Er richtete den Lichtkegel auf den Teppich, schwenkte ihn von einer Seite auf die andere, besah sich gründlich die Stellen, wo die Schnur befestigt war. Als er die Reißnägel, die sie hielten, ein wenig lockerte, wurde sie schlaff.

„Sobald sich unser, oder vielmehr sobald sich mein Fuß darin verfangen hätte, wäre ich die Treppe runtergestürzt, und diesmal hätte mir niemand das Leben gerettet“, bemerkte Amanda zitternd.

Er widersprach ihr: „Es wäre nichts weiter passiert, als daß du die Kordel aus der Wand gerissen hättest. Sie hätte auf keinen Fall deinen Sturz verursacht. Ein Stück Draht – damit hätte es funktioniert. Ein straff gespannter Draht, stabiler befestigt als mit Reißnägeln. Was sollte dieses dumme Spielchen wohl bezwecken? Was habe ich bloß jemandem angetan?"

„Nicht du", erwiderte Amanda leise. „Du bist nur ein unbeteiligter Zuschauer, der da hineingeraten ist. Das gilt eindeutig mir, und du steckst zufällig mit drin. Vielleicht hat derjenige, der die Kordel über die Treppe gespannt hat, nicht gewußt, daß sie nicht stark oder stramm genug war, um wirklich Schaden anzurichten?"

„Dann müßte er ein kompletter Idiot sein. Mandy, jemand hat es darauf abgesehen, dir Angst einzujagen. Nichts von alledem hätte dir wirklich was antun können. Außer vielleicht der Stoß von der Treppe, aber auch da hat dich jemand aufgefangen. Vielleicht solltest du doch lieber von hier verschwinden. Es könnte ja mal was schiefgehen, und alles Geld der Welt würde dir nichts nützen, wenn du nicht am Leben wärst, um es auszugeben. – Ich will dir was sagen", fuhr er fort, während er die Kordel um seine Finger wickelte, „ich breche bestimmt nicht in Tränen aus, wenn das Testament verlesen ist."

Er hatte ein nachdenkliches Schimmern in den Augen, als er Amanda ansah. „Sieht nicht so aus, als ob das Testament uns viel Glück brächte, auch wenn wir das Geld gut gebrauchen könnten. Falls wir überhaupt was kriegen... Was für ein fauler Scherz, wenn wir diesen ganzen Schlamassel durchmachen, und dann stellt sich raus, daß Madame jedem von uns eine von diesen gräßlichen Figuren im Wohnzimmer vermacht hat und sonst nichts!“

Amanda war mit ihren eigenen Gedanken beschäftigt. „Das hängt alles mit dem Testament zusammen, nicht? Vielleicht hat sie Matilde was hinterlassen, aber ich vermute, das meiste Geld fällt an uns – an dich und mich und Ellen –, bloß an uns drei, weil Carla ja jetzt gesetzlich für tot gilt. Wenn mir was zustieße, würdet ihr zwei alles bekommen, du und Ellen.“

Er warf ihr einen erstaunten Blick zu. „Ach nee! Danke, vielen Dank!“

Sie versuchte ihn zu überzeugen, daß sie es nicht so gemeint hatte, wie es sich anhörte, aber es war ihr bewußt, daß der Gedanke von irgendwo aufgetaucht war. Sie mußte ihn im Kopf gehabt haben, sonst hätte sie ihn nicht ausgesprochen.

„Richard Stanton, das Ungeheuer von Schloß Chanson“, sagte er mit gepreßter Stimme. „Das spukende Phantom im Turmzimmer!“

Sie konnte nicht anders, sie brach in Lachen aus. „Sei nicht albern! Du weißt, daß ich es nicht so gemeint habe.“

„Wie denn?"

Sie wußte keine ehrliche Antwort. Er wartete, und ihr war klar, daß sie ihre Äußerung erklären mußte. Sie holte tief Luft, und der Veilchenduft, der noch schwer in der Luft hing, stieg ihr in die Nase.

Rick spürte ihn auch. „Das Zeug ist nicht von selbst rumgespritzt. Vielleicht sollten wir aufspüren, wo das herkommt – und wieso."

Er nahm ihre Hand, und sie gingen über den Flur. Die Tür zu Madames Räumen stand offen, und hier war der Geruch nahezu überwältigend. Amanda zögerte auf der Schwelle und kramte in ihrer Rocktasche nach einem Taschentuch.

Sie machte sich nichts aus Parfüm und benutzte nur ein bißchen Kölnisch Wasser und einen schwach duftenden Körperpuder. Von diesem schweren, durchdringenden Geruch wurde ihr übel.

Rick blickte sie scharf an und sagte: „Ist gar nicht nötig, daß wir sämtliche Zimmer durchsuchen. Wir wissen, wo der Geruch herkommt. Aber davon werden wir auch nicht schlauer."

Er schwenkte seine Taschenlampe in hellem Bogen durch das Zimmer, dann ging er zur Tür, um sie zu schließen. Unter seinen Füßen war ein leises, knirschendes Geräusch. Er bückte sich und hob eine Glasscherbe vom Teppich auf. Im Licht seiner Taschenlampe schimmerten noch mehr Splitter. Er sammelte ein paar auf und hielt sie sich unter die Nase.

„Jemand hat eine Flasche mit diesem widerlichen Zeug zerbrochen und konnte es nicht aufwischen, weil der Teppich zu dick ist; die Flüssigkeit ist tief in das Gewebe eingedrungen. Soviel wissen wir jetzt. Heute nacht war jemand mit ungeschickten Händen hier."

Er hatte recht. Jemand mußte in Madames vornehmes Boudouir eingedrungen sein. Das Zimmer hatte nichts Anheimelndes mehr an sich. In der Dunkelheit, in die nur das Licht vom Flur und von Ricks Taschenlampe fiel, die er auf die verschiedenen Möbelstücke richtete, wirkte es bedrückend. Wie alle Räume, wenn diejenigen, die sie bewohnt haben, für immer von uns gegangen sind, dachte Amanda.

Rick fand noch mehr Glassplitter, als er mit dem Fuß herumtastete, aber er meinte, die könnten liegenbleiben.

„Wozu wäre es gut, sie mitzunehmen? Matilde kommt morgen bestimmt hier rein, um sauberzumachen. Es würde mich nicht wundern, wenn sie jeden Tag herkäme und diese Räume hütet wie ein Heiligtum."

Er machte einen tiefen Atemzug. „So, und was ist jetzt mit der grandiosen Idee, den Kühlschrank zu plündern?"

Sie lachten und gingen hinunter.

Der Kühlschrank war gut gefüllt. Rick war beim Essen nicht wählerisch und war mit allem einverstanden, was Amanda als Belag für die Brote vorschlug. Vor ihren erstaunten Augen trank er fast einen ganzen Liter Milch.

Erst als er fertig war, sprach er von Ellen.

„Wir hätten sie nicht allein da oben lassen sollen. Es war doch alles in Ordnung mit ihr, Mandy? Ich meine, bevor die Musik anfing und du aus ihrem Zimmer gegangen bist."

Sie hatte ein schlechtes Gewissen, weil sie nicht mehr an Ellen gedacht hatte, seit sie plötzlich aufgewacht war oder vielmehr, seit Madames Parfüm ihr in die Nase gestiegen war.

„Oh, es geht ihr bestimmt gut."

Es schien ihm nicht aufzufallen, daß sie seine Frage nicht beantwortet hatte. Er stand auf, zerknüllte seine Papierserviette und warf sie in den Abfalleimer; dann trug er sein Glas und seinen Teller zum Spülbecken.

„So, ich finde, wir haben lange genug rumgetrödelt. Nächste Station – das Musikzimmer. Einverstanden?"

Amanda stieß müde und entmutigt einen Seufzer aus. „Ich bezweifle, daß wir dort irgendwas finden, das uns weiterbringt. Wenn jemand drin war, ist er – oder sind sie – vermutlich längst weg. Du wirst sehen, da ist kein Mensch."

Sie irrte sich.

Es kam jemand aus dem Musikzimmer, und zwar jemand, den sie am allerwenigsten erwartet hatten.

11

Sie hatten das eindeutige Geräusch gehört, das jemand macht, der sich bewegt: leise Schritte, das Rascheln von Stoff . . . Rick hatte Amanda ein Zeichen gemacht, sich flach an die Wand zu drücken, damit sie sehen konnten, wer aus dem Musikzimmer kam . . .

Ein paar Minuten lang, die Amanda wie Stunden schienen, standen sie still und regungslos. Dann wurde das Geräusch lauter, denn die Person im Musikzimmer näherte sich der Tür. Es war Ellen.

Sie schlafwandelte! war Amandas erster Gedanke. Aber sie verwarf ihn gleich wieder, denn Ellen hatte nicht die Haltung einer Schlafwandlerin. Ihre Hände waren nicht ausgestreckt, ihr Körper war nicht starr; sie schien genau zu wissen, wo sie war und wohin sie ging.

Sie kam einen knappen Meter an der Stelle vorbei, wo Rick und Amanda standen, die kaum zu atmen wagten. Doch Ellen sah sie nicht und wandte nicht einmal den Kopf, als sie die Diele durchquerte und die Treppe hinaufging.

Rick rührte sich nicht, bis seine Schwester im ersten Stock im Schatten verschwunden war. Dann stieß er die angehaltene Luft aus und sagte: „Wir hätten sie uns schnappen sollen, statt sie gehen zu lassen! Zuerst fürchtete ich, sie würde schlafwandeln. Das hat sie als Kind ab und zu gemacht, weißt du. Aber das eben war kein Schlafwandeln! Komm, gehen wir rauf. Sie muß uns einiges erklären."

Amanda hielt ihn am Handgelenk zurück. „Du wirst sie erschrecken, wenn du ihr Vorwürfe machst."

„Erschrecken? Nach allem, was passiert ist! Und sag bloß nicht, sie hatte dabei nicht die Hand im Spiel. Sie ist nicht dämlich, weißt du, auch wenn sie uns nicht sagen kann, was in ihrem Kopf vorgeht."

„Da geb ich dir recht. Aber, Rick, du hast ein paar Sachen vergessen. Du glaubst doch nicht im Ernst, daß sie mich die Treppe runterstoßen und mit jemandem verabreden konnte, daß er meinen Sturz aufhält? Oder die Kordel vor die Treppe spannt? Oder mich mit dem Geheul im Turmzimmer halb zu Tode erschreckt?"

Dann fiel ihr noch etwas ein: „Ich schlief, als jemand in Madames Zimmer ging und ihre Parfümflasche nahm. Ich wäre aber sofort aufgewacht, wenn Ellen das Zimmer verlassen hätte. Daß die Flasche zerbrach, war ein Versehen, aber das hat alles noch mehr durcheinandergebracht."

„Kaum zu glauben, daß Ellen an all den Verrücktheiten beteiligt war", sagte Rick. „Vielleicht wollte sie uns nur einen Streich spielen. Vielleicht kennen wir Ellen gar nicht richtig. Könnte sein, daß noch ein anderes

Mädchen in ihr steckt, das sich gegen die Stummheit wehrt und einen Ausgleich sucht oder, falls dir das nicht einleuchtet, einfach was gegen die Langeweile unternimmt."

„Hör auf damit!" rief Amanda bestürzt. „Wie kannst du so von Ellen sprechen! Sie ist so ein liebes Mädchen. So etwas würde ihr nie einfallen. Sie ist so – so kindlich und unschuldig. Außerdem kann sie die Parfümflasche gar nicht zerbrochen haben – das hätten wir gerochen, als sie vorhin an uns vorbeiging! Als das Glas kaputtging, hätte ihr die Flüssigkeit auf die Füße spritzen müssen. Der starke Geruch hätte an ihr gehaftet, bis sie geduscht hätte, und ich glaube nicht, daß sie das getan hat. Dazu hätte sie gar keine Zeit gehabt, bis wir nach unten kamen. Außerdem hab ich gemerkt, daß der Heißwasserboiler nicht in Ordnung ist. Wenn du nicht ziemlich früh am Tag badest oder duschst, kannst du's vergessen. Dann gibt's kein warmes Wasser."

Rick sagte, das wäre ihm auch aufgefallen. Aber er wollte unbedingt herausbekommen, wo Ellen war, während sie nach ihr gesucht hatten. Das könnte der Schlüssel zu der ganzen Geschichte sein. Amanda schüttelte den Kopf. Es seien noch zu viele Dinge ungeklärt, hielt sie ihm entgegen. Wer zum Beispiel im Turmzimmer war, woher die Musik gekommen sei, wer ein Stück rote Kordel vor die Treppe gespannt und Madames Parfümflasche fallen gelassen hatte. Keiner von beiden erwähnte die Erscheinung, die Amanda zweimal gesehen hatte.

Sie warteten, bis sie hörten, wie oben eine Tür geschlossen wurde. Sie waren sich einig, daß es Ellens Schlafzimmertür war. Dann machten sie sich an eine neue Durchsuchung des Musikzimmers, getrieben von der Neugier, was Ellen zu dieser nächtlichen Stunde dort wohl gemacht hatte.

Ein Fenster stand offen, und Amanda wollte es gerade näher in Augenschein nehmen, als Rick sie zurückrief.

„Durchs Fenster hätte niemand ins Haus gelangen können. Der Tisch da steht im Weg! Sieht aus wie massives Mahagoni. Da wären schon ein paar starke Männer nötig, um den wegzurücken, und wir haben nichts gehört."

Er hatte natürlich recht. Der Tisch war lang und so stabil, daß er nicht leicht zu verrücken war. Auf ihm lag ein altmodisches Instrument, daneben ein Stapel Notenhefte.

Amanda wandte sich vom Fenster ab, ging im Zimmer umher und sah sich die anderen Stapel mit Notenheften an. Sie waren anscheinend genauso geordnet wie letztes Mal. Rick hatte sich eine Gitarre gegriffen und klimperte leise darauf herum.

„Hat das, was wir gehört haben, ein bißchen wie das hier geklungen?" fragte er. „Ich dachte, vielleicht eine elektrische Gitarre, aber hier seh ich nirgends eine." Er blickte sich um und klimperte dann weiter. „So was hatte man zu Madames Zeiten wohl noch nicht."

„Bestimmt nicht. Aber hat Ellen nicht früher ein Instrument gespielt? Ich meine, sie hätte mal darüber gesprochen."

„Flöte. Als sie in der dritten Klasse war, haben alle Kinder in ihrer Schule ein Instrument gelernt. Sie wollten ein Orchester gründen. Ellen hat ein bißchen Flöte gelernt und immer in ihrem Zimmer geübt. Aber nachdem das damals hier passiert ist, hat sie es aufgegeben."

Er stellte die Gitarre in die Ecke zurück, wo er sie gefunden hatte. Er durchquerte das Zimmer und blickte beiläufig auf den Flügel. Der Deckel über der Klaviatur war geschlossen. Als sie ihn das letzte Mal sahen, war er offen gewesen, und sie hatten die vom Alter leicht vergilbten Tasten sehen können.

Auf dem Deckel lag ein Zettel. Rick trat neugierig näher und sah ihn sich an.

„He! Was soll das wohl bedeuten?"

Amanda trat zu ihm. Er nahm den Zettel und gab ihn ihr. Es stand nur ein Wort darauf, ein Name in großen Druckbuchstaben: CHARLENE.

„Was ist das nun wieder?" wunderte sich Rick. „Wir hatten Kathleen und Mavourneen, und jetzt haben wir eine Charlene. Wie paßt die ins Bild? Der Name ist uns bisher noch nicht begegnet, oder!“

Einen Moment später sagte er mit belegter Stimme: „Ellen! Ist das nicht ein Zettel von ihrem Block? Warum will sie uns nichts sagen, Mandy? Sie könnte uns bestimmt helfen, diese ganze elende Geschichte aufzuklären, wenn sie sich uns nur anvertrauen wollte.“

Amanda hatte Mitleid mit ihm und überlegte sich, wie sie ihn trösten könnte. „Der Zettel hat vielleicht gar nichts mit den anderen Vorfällen zu tun. Vielleicht treibt Ellen bloß ein Spiel mit uns. Weißt du noch, wie wir als Kinder – Ellen und . . . und Carla und ich – mal Schnitzeljagd gespielt haben? Wir haben dich gefragt, ob du mitmachst, aber du warst ein hochnäsiges kleines Ungeheuer. Du hast gesagt, das wäre was für den Kindergarten, wie Ostereiersuchen.“

Sie brach plötzlich ab, als ihr das unerfreuliche Ende des Spiels wieder einfiel, das sie nur ein einziges Mal gespielt hatten. Carla hatte die Hinweise versteckt. Ellen und Amanda mußten suchen.

Gemeinsam waren sie vertrauensvoll einem Hinweis nach dem anderen gefolgt; die waren alle so ausgeklügelt formuliert, daß die Suche eher anstrengend als amüsant war. Aber schließlich waren sie zum letzten gelangt.

Die Worte auf dem Zettel lauteten:

„Alt bin ich und in die Höhe gestreckt, Eichhörnchen haben in mir ihre Nüsse versteckt.“

Sie hatten sogleich vermutet, daß der Reim den großen Baum auf der einen Seite des Hauses beschrieb. Im Stamm war eine große Höhlung, und Amanda, die größere von beiden, stellte sich auf die Zehenspitzen und steckte ihre Hand in die Öffnung. Sie tastete herum und zog eine Pappschachtel hervor.

Während Ellen vor Aufregung zappelte, öffnete Amanda die Schachtel. Und dann entglitt sie ihren Händen. Die beiden Mädchen schrien entsetzt auf. Die Schachtel hatte eine tote Schlange enthalten, die jetzt zusammengeringelt zu ihren Füßen lag.

Amanda hatte den Vorfall dann vergessen ... Aber als er ihr nun wieder einfiel und sie es Rick erzählte, ergriff sie dasselbe Entsetzen wie damals.

Als sie geendet hatte, war seine Miene hart und entschlossen. Kämpfte er mit Enttäuschung und Selbstvorwürfen, weil er Carlas Grausamkeit vor Jahren nicht erkannt hatte?

Er fragte barsch: „Willst du damit sagen, Ellen hat den Zettel hingelegt, damit wir aus dem Namen was erraten? Hör mal, ich hab genug von diesem verrückten Kram! Wollen wir's nicht bis morgen sausen lassen? Dann sind wir vielleicht klarer im Kopf und besser in Form. Ich beschwatze Ellen und locke aus ihr raus, was sie verheimlicht. Wer weiß? Vielleicht passiert gar nichts Verrücktes mehr, bis das Testament verlesen wird."

Ob er das wirklich glaubte? Oder wollte er sich einreden, daß das Leben in der Villa Chanson auf einmal friedlich würde, daß die Gefahr wie durch ein Wunder verschwinden würde und sie Madame Bonheurs Haus gutgelaunt und schwerreich verlassen würden?

„Die Nacht ist noch nicht überstanden", erinnerte sie ihn. „Was kann es schaden, Ellen jetzt ein paar einfache Fragen zu stellen?"

Er behauptete, jetzt sei nicht die rechte Zeit dazu.

Sie waren beide müde, ihre Nerven waren überreizt, beide waren stur und dickköpfig. Um ein Haar hätte es Streit gegeben.

Amanda preßte die Lippen zusammen, um nichts zu sagen, was sie später bereuen würde. Sie sah Rick nach, als er den Flur entlang in sein Schlafzimmer ging, und ihr Mut sank mehr und mehr. Noch nie hatte sie sich so allein gefühlt.

12

„Sag doch was, gib mir wenigstens einen Hinweis", bat Amanda wohl zum hundertsten Mal. „Ellie, Herzchen, wir haben einen ganzen Vormittag und den halben Nachmittag vor uns. Das sind acht Stunden! Ein ganzer Tag!"

Amanda war früh aufgewacht. Es war der Tag, an dem das Testament von Solange Bonheur verlesen werden sollte. Amanda war gleich ans Fenster gegangen, und als sie hinausblickte, sah sie nichts als den Nebel, der sich gegen die Scheiben drückte. Die Hitzewelle der letzten Tage war verebbt. Kühle Feuchtigkeit war ins Haus gesickert, und es herrschte eine ungemütliche, gespannte Atmosphäre, die Amanda nervös machte.

Sie befanden sich in Ellens Schlafzimmer. Amanda wiederholte ihre Fragen, bis sie fast die Geduld verlor. Das stumme Mädchen starrte sie nur an, ohne zu Block und Stift auf dem Nachttisch zu greifen.

Doch ihr Blick hatte etwas Beschwörendes. Sie möchte mir etwas sagen, dachte Amanda. Aber warum schreibt sie es nicht auf und läßt es mich lesen?

Als sie ihr diese Frage stellte, schüttelte Ellen den Kopf. Mit einem tiefen Seufzer begann Amanda von vorn und fragte, was sie nun schon so oft gefragt hatte.

„Ist dieser Zettel mit dem Namen ‚Charlene' von dir? Hast du ihn geschrieben?"

Diesmal kam kein rasches Kopfschütteln. Ellen zögerte lange, dann nickte sie langsam. In Amanda stieg ein Gefühl des Triumphes auf. „Dann kannst du mir auch sagen, was es bedeutet!"

Das Mädchen im Bett rührte sich nicht. Aber seine Augen verrieten alles. Sie hatten nicht nur diesen ernsten Ausdruck, sondern auch etwas Flehendes, als ob Ellen Amanda bitten wollte, ihr keine Fragen mehr zu stellen. Aber Amanda wußte, daß sie nicht nachgeben durfte.

„Die Musik! Du weißt was darüber, oder?“

Keine Antwort. Ellen verzog keine Miene.

„Hast du Madames Parfüm gerochen und angenommen, daß jemand eine Flasche zerbrochen hat?“

Ein vorsichtiges Nicken. Der schlanke Körper versteifte sich, als Amanda fragte: „Hast du hier schon mal ein Phantom – ein Gespenst – gesehen, mitten in der Nacht?“ Ellen schüttelte heftig den Kopf.

Beide Mädchen waren zeitig aufgewacht. Jetzt waren sie müde, weil sie nicht genug geschlafen hatten und weil das bißchen Schlaf – jedenfalls bei Amanda – auch noch ständig unterbrochen worden war.

Und nun hatten sie einen langen Tag vor sich. Um neun Uhr, als Amanda geduscht und sich angezogen hatte und auf dem Weg in Ellens Zimmer war, hörte sie Rick telefonieren. Er ließ sich die Zeit bestätigen, zu der sie sich zur Lesung des Testaments im Musikzimmer bereithalten sollten. Er wußte, daß es für vier Uhr festgesetzt war, aber Amanda vermutete, daß er ganz sicher sein wollte, um nicht eine Stunde länger als nötig in der Villa Chanson bleiben zu müssen. Nach dem Telefonat mit Mr. Platt würde er bestimmt beim Busbahnhof anrufen und sich nach dem Fahrplan erkundigen. Dieser Gedanke stimmte Amanda traurig. Sie hatte sich in den letzten Tagen gut mit Rick verstanden. Sicher, es war durchaus kein Vergnügen gewesen, aber sie hatten etwas Gemeinsames erlebt, und sie fragte sich nun, ob sie sich jemals wiedersehen würden ...

Bis vier Uhr war es noch lange hin. Amanda war über diese Uhrzeit keineswegs überrascht. Das war Madames Stunde gewesen. Einerlei, wo man um diese Zeit war oder was man gerade machte, man mußte alles stehen- und liegenlassen und sich in dem Raum, den Madame jeweils bestimmte, zum Tee einfinden.

Die Zeremonie fand gewöhnlich in einem der kleineren Räume statt, im Salon, im Arbeitszimmer oder auch im Musikzimmer, wo Madame sich bei besonderen Anlässen an den Flügel setzte und einen Chopin-Walzer oder flotte Liedchen aus ihrer Heimat spielte.

Die feierliche Teestunde wurde jeden Tag abgehalten. Das zweitbeste silberne Teeservice funkelte in der Spätnachmittagssonne, die durch die hohen Fenster hereinschien. Es gab hauchdünne Brote und Gebäck, und bei besonderen Festen gab es die köstlichen französischen Törtchen, wie nur Matilde sie backen konnte.

Es war eine seltsame Mischung aus englischen und französischen Sitten, und nun wunderte sich Amanda darüber. Von einer Frau, die so hartnäckig an den Bräuchen ihrer Heimat festhielt wie Madame Bonheur, erwartete man eigentlich nicht, daß sie sich nach den

Sitten eines anderen Landes richtete. Und erst recht hätte man bei ihr nicht diese unerklärliche Vorliebe für irische oder andere Volkslieder vermutet. Amanda konnte sich einfach keinen Reim darauf machen.

Sicher, damals vor acht, neun und zehn Jahren, hatte Madame hin und wieder Wochenendgäste gehabt. Dann war am frühen Abend manchmal Klavierspiel zu hören, aber Amanda konnte sich an nichts erinnern, das wie Volksmusik klang.

Sie beschloß, es noch einmal bei Ellen zu versuchen. Wenn Ellen wüßte, daß das „Verhör" vorüber war, würde sie vielleicht bereit sein, eine einzige Frage zu beantworten. Amanda lächelte Ellen einschmeichelnd an und nahm ihre Hand.

„Dieser Zettel. Den hast du da hingelegt, nicht? So was ähnliches wie damals, als wir Schnitzeljagd gespielt haben? Wolltest du, daß ich dem Hinweis folge?"

Sie glaubte, eine schwache Bewegung auf den Lippen des Mädchens zu sehen. Sie hatte keine Ahnung, ob Ellen etwa zu sprechen versuchte, denn sie verstand nichts von solchen Problemen. Sie wußte nur, daß sie sich auf sehr gefährlichem Gebiet bewegte. Sie durfte jetzt auf keinen Fall etwas Falsches äußern oder tun.

Sie sagte zu Ellen: „Du brauchst noch nicht aufzustehen, wenn du keine Lust hast. Ich suche Rick, und dann kommen wir gleich wieder her. Heute müssen wir alle zusammenhalten."

Aber es ging nicht so schnell, wie sie gedacht hatte.

Unten in der Küche war niemand. Als sie vorher im Erdgeschoß war, hatte sie Rick im Arbeitszimmer mit Roger Platt telefonieren hören. Jetzt war er nicht da, auch in keinem der anderen Zimmer unten, in die sie flüchtig einen Blick hineinwarf.

In der Küche brodelte es dunkelbraun in der Kaffeemaschine. Auf einer Anrichte stand ein Toaster, daneben lag ein Laib Brot, und auf einem kleinen Arbeitstisch stand ein Krug mit Orangensaft. Aber es waren keine schmutzigen Teller, Tassen oder Untertassen, kein benutztes Glas oder Besteck zu sehen.

Vielleicht hatte Matilde das Geschirr abgespült und weggeräumt; denn sie hielt die Küche immer tadellos sauber. Aber warum hatte sie dann die anderen Sachen stehenlassen?

Matildes feste, gleichmäßige Schritte ertönten draußen in der Diele, und als sie gleich darauf über die Schwelle trat, blieb sie abrupt stehen. Sie trug ihre Hauskleidung: schwarzes Kleid, gestärkte Schürze und flache, bequeme Schuhe.

Als Amanda ihrem strengen, bösen Blick begegnete, fühlte sie sich so schuldbewußt, als ob sie etwas Schlimmes angestellt hätte. Ihr Gesicht lief rot an und wurde ganz heiß.

„Ich wollte bloß schauen, ob Rick hier ist“, stammelte sie. „Ich weiß, daß er schon auf ist. Ich habe ihn vorhin telefonieren hören. Hat er schon gefrühstückt?"

„Vor einer ganzen Weile. Und zwar im Speisezimmer. Madame hat gewünscht, daß ihre Gäste dort bewirtet werden." Matildes Lippen bildeten eine gerade Linie. „Auch wenn sie nicht hier ist, die Etikette muß befolgt werden. Und dafür sorge ich, solange ich für dieses Haus zuständig bin."

Je länger Amanda in das strenge, harte Gesicht blickte, um so mehr fühlte sie sich eingeschüchtert. Aber im nächsten Augenblick dachte sie, nanu, die ist wohl ein bißchen übergeschnappt! Es wäre ja auch nicht verwunderlich, nachdem Matilde dreizehn Monate allein in diesem abgelegenen, finsteren Haus gelebt hatte.

Amanda war neugierig, was aus Matilde würde, nachdem das Testament verlesen und der Besitz verteilt war. Bestimmt hatte Madame Bonheur ihrer treuen Haushälterin und Gesellschafterin genug hinterlassen, daß sie für den Rest ihres Lebens versorgt wäre. Vielleicht würde die Villa Chanson du Lac morgen um diese Zeit Matilde gehören...

Vielleicht war das alles, was Madame zu vererben hatte...

Amanda hatte keine Ahnung, wie sie auf diesen Gedanken gekommen war. Sie wußte nichts von den Quellen, aus denen Madame ihr Einkommen bezogen hatte. Vielleicht waren Schulden da, die im Laufe der

Jahre angewachsen waren? Es wäre ein netter Scherz, wenn für die jungen Leute nur ein verschwindend kleines Erbe übrigbliebe – nur gerade so viel, daß davon die Reisekosten nach und von Lake Falls gedeckt wären! Ein unerträglicher Gedanke.

Als Rick neulich so lange verschwunden war, hatte Amanda ihn nicht finden können. Er hatte behauptet, er sei spazierengegangen. Aber heute war kein Tag für einen Spaziergang. Der Nebel hatte sich in Nieselregen verwandelt. Als Amanda auf die Veranda hinausging, konnte sie den See jenseits des Rasens kaum sehen. Das Bootshaus war in dem Nieselregen nur ein verschwommener Fleck.

Irgendwie paßte das Wetter zu diesem Tag. Sie mußten alle an Madames Tod denken. Es war bedrükkend, daß ihr Haus und ihre persönlichen Sachen vollkommen intakt blieben, nachdem die Besitzerin schon über ein Jahr tot war. Bald würden sie erfahren, ob die launische alte Dame, die keiner von ihnen wirklich gekannt hatte, außer für Carla auch noch für einen von ihnen etwas übrig gehabt oder ob sie ihnen nur einen üblen Streich gespielt hatte.

Amanda wünschte, Rick würde endlich auftauchen. Obwohl es Tag war, spürte sie etwas Dunkles, Bedrohliches in der Luft. Um nichts in der Welt wollte sie durch das Haus wandern und Rick suchen, wie sie beide es getan hatten, als sie Ellen vermißten.

Es sah so aus, als würde der Regen länger anhalten. Dies war bestimmt kein Tag, um im Freien herumzustreifen. Aber Amanda hatte das Gefühl, daß Rick irgendwo da draußen war, und zwar gar nicht weit entfernt. Ihm erging es in der Villa Chanson genau wie ihr. Er würde es drinnen nicht aushalten, wo es nichts weiter zu tun gab, als darauf zu warten, daß es vier Uhr würde.

Um sich die Zeit zu vertreiben, beschloß Amanda, ohne Rücksicht auf das Wetter einen Spaziergang in den Ort zu machen. Was konnte das bißchen Regen schon schaden? Sie ging nach oben, um ihren Regenmantel und ein Kopftuch zu holen. Dann ging sie über den Flur in Ellens Zimmer, unschlüssig, ob sie sie allein lassen sollte. Bei Ellen hatte sich nichts verändert. Sie schlief fest, falls sie sich nicht nur so stellte. Ihre seidigen Wimpern lagen wie winzige Fächer auf der weichen, glatten Haut, und ihr Haar hob sich golden von dem schneeweißen Kissen ab.

Amanda zog die Steppdecke bis zu Ellens Schultern hoch. Dann beruhigte sie ihr Gewissen, indem sie sich sagte, sie würde ja nur kurze Zeit fort sein, höchstens eine Stunde. Sie ging hinaus und schloß leise die Tür hinter sich.

Die Tür zu Madames Schlafzimmer war geschlossen. Amanda traute sich nicht, sie zu öffnen. Sie blieb dicht davor stehen und schnupperte. Diesmal roch sie keinen

Veilchenduft; Matilde hatte die Reste der zerbrochenen Parfümflasche bestimmt längst beseitigt. Wie entrüstet mußte sie gewesen sein, als sie die wie ein Heiligtum gehütete Stätte entweiht fand! Doch sie hatte kein Wort davon gesagt, als Amanda sie vorhin in der Küche getroffen hatte.

Amanda mochte sich nicht mit diesem neuen Rätsel befassen. Sie wollte sich um nichts mehr kümmern und sich bis vier Uhr möglichst aus allen Scherereien heraushalten.

Ein paar Minuten später ging sie hinunter, stieg die Verandastufen hinab und trat in den anhaltenden Nieselregen hinaus. Nach kurzem Zögern verließ sie den Pfad, der zum See führte, und schlug den Weg ein, der sich hinter dem Haus zur Straße schlängelte. Der Nebel war so dicht, daß sie kaum einen Meter weit sehen konnte.

Sie war erst ein kurzes Stück gegangen, als sie ein Auto im Leerlauf brummen hörte.

Sie blieb abrupt stehen. Rick konnte es nicht sein. Er besaß kein eigenes Auto, und er hatte keinen Anlaß, für die paar Stunden, die sie noch hier blieben, eins zu mieten.

Ein Lieferwagen? Doch Amanda wußte, daß Matilde Gerard selbst einkaufen ging und ihre Vorräte nach Hause schleppte. Besuch? Vormittags um diese Zeit? Und für Roger Platt war es noch viel zu früh.

8 9072-11

Amanda trat zurück, damit derjenige, der in dem Auto war, sie nicht sehen konnte. Ihre Füße sanken in die sumpfige Erde. Ihr Gesicht war naß vom Regen. So stand sie unbehaglich ein oder zwei Minuten, ohne daß sich etwas ereignete.

Dann kam der Mann, der sein Auto mit laufendem Motor hatte stehenlassen, um die Hausecke und setzte sich auf den Fahrersitz. Amanda erkannte ihn. Es war derselbe Mann, der vor der Villa Chanson du Lac gestanden und zu den Fenstern hinaufgeblickt hatte.

13

Sie starrte dem Wagen nach, dessen rote Lichter wie verschwommene Rubine aussahen, als er die Auffahrt entlangrollte und verschwand. Amanda war so in die Überlegung vertieft, wer der Mann wohl war, was er hier wollte und wieso er am hellichten Tag ganz ungeniert auf das Grundstück der Villa Chanson gekommen war, daß sie nicht hörte, wie hinter ihr jemand herankam.

Eine Stimme sprach dicht an ihrem Ohr ihren Namen. Sie zuckte erschrocken zusammen, und ihr Herz hämmerte gegen die Rippen.

Als sie sich umdrehte und Michael Blake sah, wußte

sie nicht, ob sie eher enttäuscht, erleichtert oder wütend war.

„Sie!“ sagte sie eisig. „Was tun Sie hier?“

„Ich renne hinter einer Story her“, erklärte er. „Was sonst? Sie haben doch nicht geglaubt, daß ich so leicht aufgebe, oder?“

Sie wollte ihm sagen, daß es keine Story gab, daß er seine Zeit verschwendete und lieber nach Hause gehen sollte, doch seine Stimme übertönte ihre Worte.

„Ich will rauskriegen, was Sie bei so ’nem miesen Wetter hier draußen machen und warum Sie hinter Pete Gregory herglotzen. Das interessiert mich zuallererst.“

„Pete Gregory?“ Ihre Stimme nahm einen leicht erregten Klang an. „Soll das heißen, daß Sie den Mann kennen?“

„Klar, und zwar schon seit ich ein kleiner Junge war. Um genau zu sein, seine Frau und meine Mutter ...“

„Das interessiert mich nicht!“ unterbrach ihn Amanda ungeduldig. „Sagen Sie mir nur, wer er ist und warum er sich hier rumtreibt. Das ist schon das zweite Mal ...“

Michael hielt abwehrend eine Hand in die Höhe. „Halt! Nicht so schnell! Ich bin derjenige, der hier die Fragen stellt, verstanden? Irgendwas geht hier vor –, und das will ich rauskriegen! Ohne die Story gehe ich nicht ins Büro zurück – die ganze Story und nichts als die Story.“

Er hob die Hand, als lege er einen feierlichen Schwur

ab. Er hatte ein schwaches Lächeln auf den Lippen, aber sein Blick war hart und lauernd.

„Ich mache Ihnen einen Vorschlag", sagte er. „Wir schließen einen Handel ab. Sie geben mir was, das ich brauchen kann, und Sie kriegen von mir die Wahrheit über Pete Gregory. Abgemacht?"

Sie überlegte einen Moment. Unter keinen Umständen wollte sie ihm etwas von den nächtlichen Besuchen des „Phantoms" verraten oder von der unheimlichen Musik, die sie und Rick gehört hatten, und auch nicht, daß man sie die halbe Treppe hinuntergestoßen hatte.

Aber irgendwas mußte sie ihm erzählen.

„Hat das nicht alles Zeit bis nach der Testamentsverlesung?"

„Um zwölf Uhr ist mein letzter Termin für brandaktuelle Nachrichten", erklärte er ihr. „Und in den Nachbarstädten gibt's noch mehr Tageszeitungen. Ich will nichts bringen, was alle anderen auch drucken."

„Also gut", seufzte sie. „Sagt Ihnen der Name Charlene was?"

Er schob seinen Hut auf den Hinterkopf und rieb sich die Stirn. Wie er so mit seinem von einem Gürtel gehaltenen Trenchcoat im Nebel stand, sah er ungeheuer attraktiv aus. Genau, wie man sich einen Reporter vorstellt, aber leider sehen die wenigsten wirklich so aus, dachte Amanda. Ihr Entschluß festigte sich. Sie hatte nicht die Absicht, sich von seinem gewinnenden

Lächeln einfangen zu lassen. Das Lächeln erstarb, als sie den Namen nannte.

„Charlene?“ wiederholte er. „Was für eine Charlene?“ Er überlegte. „Vor ein paar Wochen hat die Polizei in einem Kaufhaus an der Hauptstraße eine Ladendiebin mit diesem Namen geschnappt. An den Nachnamen kann ich mich nicht erinnern. Ich kann mich aber auch irren. Sie könnte auch Marlene oder so ähnlich geheißen haben.“

„Sie sind mir eine große Hilfe“, sagte Amanda gereizt. „Haben Sie vielen Dank.“

„Keine Ursache. Aber was spielt diese Charlene für eine Rolle?“ wollte er wissen. „Sie kriegen von mir keine Auskunft über Pete Gregory, wenn Sie mir nicht was dafür geben. Okay?“

Sie dachte ein paar Minuten angestrengt nach. Sie mußte ihm etwas sagen; es mußte wichtig genug sein, um ihn zufriedenzustellen, aber sie durfte nichts von dem preisgeben, was in Solange Bonheurs Haus vorgefallen war.

Die Schnitzeljagd erschien ihr harmlos. Deshalb erzählte sie ihm von dem Spiel, das sie an jenem Sommernachmittag vor fast zehn Jahren mit Ellen und Carla gespielt hatte. Als sie Carlas Namen erwähnte, merkte Michael interessiert auf.

„Aber diese Carla Bonheur wird nicht dabeisein, wenn heute das Testament verlesen wird. Sie ist das einzige von den Enkelkindern, das nicht da sein wird, um seinen Anteil zu übernehmen. Und was ist mit dem anderen Mädchen? Ich hab gehört, daß sie taubstumm ist."

„Das ist nicht wahr!"

Sie kochte fast vor Wut. Es ärgerte sie maßlos, wie die Leute, die überhaupt nicht wußten, wovon sie redeten, die Tatsachen verdrehten.

„Sie ist nicht taubstumm!" sagte sie zornig. „Sie hat Schwierigkeiten, sich auszudrücken, aber sie kann sich ganz gut verständigen und weiß genau, was um sie vorgeht. Und sie ist klug und gefühlvoll, nicht wie manche Leute, die nicht nachdenken, bevor sie eine dumme Bemerkung machen!"

Er hielt abwehrend die Hände hoch, als wollte er sein Gesicht vor Schlägen schützen. „He", sagte er anerkennend, „wissen Sie was – Sie können aber gut rausgeben!" Er ließ die Hände sinken. „Wollen wir heute abend zusammen ausgehen? Dieser Knabe, der immer so böse guckt – ist wohl einer von den Erben –, ist das was Ernstes zwischen Ihnen? Sie sind ein bißchen jung für mich, aber wegen ein paar Jährchen will ich nicht kleinlich sein. Also, wie steht's?"

„Heute abend bin ich nicht mehr hier." Sie erklärte ihm, wo sie wohnte, und fügte schadenfroh hinzu: „Zu weit weg, was? Bei einer vierstündigen Busfahrt wird Ihnen Ihre Begeisterung schon vergehen. Und wenn Sie mit dem Auto fahren, kommen Sie in ein fürchterliches Verkehrschaos."

„Dann lassen Sie uns jeden Augenblick festhalten und ihn gemeinsam genießen." Er war einen Moment in Gedanken versunken, dann schüttelte er den Kopf. „Ich weiß nicht. Irgendwas stimmt nicht. Haut irgendwie nicht richtig hin."

Sie mußte unwillkürlich kichern. Es war lange her, daß sie über die Worte eines jungen Mannes gelacht hatte – oder daß sie überhaupt gelacht hatte. Aber die gute Stimmung war bald verflogen. Sie kam und ging rasch an diesem dunklen, trüben Tag.

Amanda versuchte sich an die Hinweise zu erinnern, die Carla auf Zettel geschrieben und an verschiedenen Stellen im Haus versteckt hatte. Ihr fiel aber nur der eine ein, der sie zu der toten Schlange geführt hatte, und davon würde sie Michael bestimmt nichts erzählen!

„Selbst wenn ich mich an die Hinweise erinnern könnte, wüßte ich ihre Reihenfolge nicht mehr. Einer war in Monsieur Bonheurs Arbeitszimmer versteckt." Sie schloß die Augen und versuchte sich das kleine Zimmer mit dem überdimensionalen Schreibtisch vorzustellen, der fast den ganzen Raum einnahm.

Als sie es im Geiste vor sich sah, kamen ihr plötzlich die Worte in den Sinn.

„Jetzt bist du hier, drum schau und such – dann findest du's in einem Buch!"

Sie sprach die Worte laut, und Michael nickte. „Klingt ganz einfach. Aber welches Buch könnte das sein? Wie viele Bücher sind da drin?"

„Gehen wir nachsehen."

Sie führte ihn ins Arbeitszimmer, und da sah sie ihn zum erstenmal sprachlos. Er starrte von einer Wand zur anderen, ließ den Blick langsam aufwärts und wieder abwärts gleiten, als er die Regale voller Bücher bestaunte, die bis fast an die Decke reichten. Schließlich schüttelte er den Kopf.

„Das ist ja wie die sprichwörtliche Nadel im Heuhaufen! Wo sollen wir anfangen, zum Donnerwetter? Das sind ja ein paar tausend Bücher. Hier hat sie also irgendwo 'nen Hinweis versteckt. In einem Buch, heißt es in dem Vers. Aber in welchem?"

„Es war ein besonderes", sagte Amanda langsam. „Ellen und ich brauchten nämlich nicht lange zu suchen. Es war eigentlich kein richtiges Buch. Keins von denen." Sie deutete auf die Bücherregale. „Eher eine Zeitschrift, vielleicht auch ein Kalender. Madame wurde böse, als sie uns mit etwas spielen sah, das in ihren Augen offenbar geheiligt war. Das war eins der wenigen Male, daß ich sie mit Carla schimpfen hörte."

„Was stand drauf?" wollte Michael wissen.

Jetzt war er wieder ganz in seinem Element. Die Überlegenheit und der leicht spöttische Ton waren verschwunden.

„Ich weiß es nicht", gestand Amanda. „Und ich weiß nicht, ob das, was wir hier fanden, vor oder nach etwas Wichtigem bei dem Spiel kam. Tut mir leid, Michael. Es fällt mir einfach nicht ein."

Er brummte ein bißchen, aber sein Verdruß galt nicht ihr persönlich. Ein paar Minuten lang machte er ein finsteres Gesicht, dann ging er zum Schreibtisch. „Mal sehen, ob hier was drin ist. Hier würde man eine Zeitschrift oder einen Kalender aufbewahren, nicht?"

„Der ist bestimmt abgeschlossen", warnte sie. „Und wenn nicht, dann ist es kaum wahrscheinlich, daß von Monsieurs Sachen noch was da ist. Er ist nämlich schon sehr lange tot."

Sie wollte ihn vor einer Enttäuschung bewahren, aber er achtete nicht auf sie, sondern zog an den Knöpfen der Schreibtischschubladen.

„Recht gehabt", sagte er zu ihr und richtete sich auf. „Sind alle abgeschlossen. Mal sehen, ob wir ein bißchen nachhelfen können."

Er zog ein Taschenmesser hervor. Amanda protestierte. „Machen Sie bloß keine Kratzer! Sonst kriegen Sie's mit Matilde zu tun. Und wenn sie sieht, daß Sie sich irgendwo rumtreiben, wo Sie nichts zu suchen haben, dann – also dann können Sie mir leid tun."

„Keine Bange. Ich bin ein alter Einbrecher mit langjähriger Erfahrung. Wollen mal sehen, ob's funktioniert."

Aber dazu kamen sie nicht mehr. Denn in diesem

Moment hörten sie Schritte nahen, und als Amanda und Michael sich zur Tür umdrehten, sahen sie Matilde und Rick auf der Schwelle stehen.

14

Amanda hätte schwerlich sagen können, wer von beiden wütender war. Sie konnte es keinem von ihnen verdenken. Sie und Rick waren ein Team gewesen; sie hatten zusammengearbeitet, und jetzt war auf einmal noch jemand da, der nach Spuren suchte, um das Geheimnis der Villa Chanson du Lac zu lösen. Und ausgerechnet der junge Mann, den Rick von Anfang an nicht leiden konnte!

Matilde Gerard hatte die Verantwortung dafür, daß das Haus und die Einrichtung in Ordnung gehalten und gepflegt wurden. Kein Wunder, daß sie außer sich war, als sie Amanda und einen Fremden in Sachen herumstöbern sah, die ihnen nicht gehörten, und an Orten, wo sie nichts zu suchen hatten.

Rick verbarg seine Gedanken hinter einer verkniffenen und erbosten Miene. Er machte auf dem Absatz kehrt und marschierte hinaus. Amanda wäre am liebsten hinter ihm hergelaufen, um ihm zu erklären, warum sie mit Michael Blake hier war.

„Was machst du da eigentlich, hm?“ fuhr Matilde sie wütend an. „Schnüffelst da rum – hab ich dich nicht erst kürzlich gewarnt, Fräuleinchen? Und wer ist dieser Mann?“

Sie machte eine Geste zu Michael und fuhr dann fort, ohne eine Antwort abzuwarten: „Dachtest du, was Wertvolles in Monsieurs Schreibtisch zu finden? Ich sage dir, du wärst enttäuscht worden. Da ist schon seit Jahren nichts mehr drin. Nach Monsieurs Tod wünschte Madame, daß ich alles ausräume. Ein Teil wanderte in den Safe in ihrem Schlafzimmer. Unwichtigere Sachen wurden vernichtet. Das hättest du nicht gedacht, was?“

Michael rückte zur Tür. „Hört sich an wie ein Familienkrach. Ein Außenstehender hat da nichts verloren.“

Matilde beachtete ihn nicht. Sie sprach weiter auf Amanda ein. „Ich bin gekommen, um dir zu sagen, daß ich das Mittagessen fertig habe. Es wird im Frühstückszimmer serviert. Und ich würde dir raten, was zu essen. Ich bleib nicht da, um Abendessen zu kochen für alle, die am Spatnachmittag herkommen. Sobald das Testament verlesen ist, verschwinde ich.“

„Wohin? fragte sich Amanda, aber sie sprach die Frage nicht laut aus. Dies war die meiste Zeit ihres Lebens Matildes Heim gewesen. Vielleicht mußte die Villa mitsamt dem Grundstück verkauft werden . . . Gewiß hatte Madame Vorsorge für Matilde getroffen.

Michael, der schon fast bei der Tür war, erkundigte sich: „Irre ich mich in der Annahme, daß ich zum Mittagessen eingeladen bin? Ich hab nämlich zufällig gerade frei."

Matilde warf ihm einen verächtlichen Blick zu, antwortete aber nicht. Er schien noch etwas sagen zu wollen, aber Amanda schüttelte den Kopf. Sie mußte Matilde besänftigen und wußte nicht, wie sie das anstellen sollte.

„Es war nur ein Spiel", sagte sie beschwichtigend. „Wir wollten nichts kaputtmachen."

„Ein Spiel", wiederholte Matilde. „Ich hab die Nase allmählich voll von deinen Spielen, Fräuleinchen! Behauptest Dinge zu sehen, die es nicht gibt. Willst mir weismachen, du hättest *sie* gesehen – das war natürlich nach Strich und Faden gelogen. Und dann Musik in der Nacht – das gibt's doch gar nicht!"

Es war das erste Mal, daß Amanda Matilde die Beherrschung verlieren sah. Sie hatte oft mit ihnen geschimpft, das war beinahe schon Routine bei ihr. Aber nie war ihr Gesicht so beängstigend scharlachrot angelaufen. Ihre Augen schienen aus dem Kopf zu treten; sie hatte eindeutig jeden Rest von Selbstbeherrschung verloren, sonst hätte sie vor einem Fremden nicht so herumgeschrien.

Als sie eine Atempause machte, murmelte Michael:

„Sehr interessant." Er zog einen Notizblock und einen Kugelschreiber aus seiner Tasche. „Also", fragte er Matilde höflich, „möchten Sie mir jetzt nicht alles ganz genau erzählen? Fangen wir mit dem Mädchen an, das vor acht Jahren verschwand und nicht mehr gesehen wurde. Das stimmt doch, nicht?"

Matildes Gesicht zog sich furchtsam zusammen, und Angst glitzerte in ihren Augen auf. „Hinaus!" befahl sie keuchend. „Wenn ich Sie hier noch einmal sehe, hole ich die Polizei!"

Michael blickte von Matilde zu Amanda, dann wieder zu Matilde. Schließlich zuckte er die Achseln und ging. Seine Schritte hallten in der Diele, dann war er fort. Und da erst fiel Amanda ein, daß er seinen Teil der Abmachung nicht eingehalten hatte. Er hatte ihr nicht gesagt, wer Pete Gregory war.

Weder Rick noch Ellen kamen zum Mittagessen ins Frühstückszimmer. Amanda war erleichtert. Sie hätte es nicht ertragen, mit ihnen eine Stunde lang dazusitzen und sich über belanglose Dinge zu unterhalten, als sei dies ein ganz gewöhnlicher Tag. Rick war bestimmt eingeschnappt, und Ellen würde weiterhin verheimlichen, was sie wußte – und Amanda war überzeugt, daß sie etwas wußte –, und würde, vielleicht zum erstenmal in ihrem Leben, andere zu täuschen versuchen.

Das Mittagessen war nicht besonders gut. Es war aus

Resten zubereitet, wie man es macht, wenn man verreist und alles aufbrauchen will, was noch im Kühlschrank ist.

Matilde war bereits für die Versammlung im Musikzimmer angezogen. Sie trug einen altmodischen schwarzen Rock, eine gestärkte Bluse und Lackschuhe. Sie hatte sich Rouge auf die Wangen getupft und die Lippen nachgezogen. Sie sah ganz anders aus als sonst, und Amanda dachte ein wenig ironisch, daß die andere Matilde vielleicht nicht so abweisend und unfreundlich sei.

Auch für sie mußte dies ein wichtiger Tag sein. Es waren keine drei Stunden mehr, bis sie erfahren würden, ob ihre treuen Dienste von ihrer Herrin belohnt oder ob all ihre Träume von einem gesicherten Lebensabend sich in Luft auflösen würden.

„Matilde“, fragte Amanda spontan, „was wollen Sie anfangen? Haben Sie irgendwo Verwandte? Wo werden Sie wohnen? Oder bleiben Sie hier?“

Einen Moment lang schien das Gesicht der Frau sanfter. Es kam vermutlich nicht oft vor, dachte Amanda, daß jemand sich um sie besorgt zeigte. Sie hatte an Madame und Carla gehangen. Sonst hatte sie niemanden gehabt, soviel Amanda wußte. Amanda hatte nie Besuch in Matildes Küche gesehen. Wenn Madame Gäste hatte, war zusätzliches Personal angeheuert worden, Kellner und Serviermädchen. Aber die waren gekommen und wieder gegangen. Keiner war länger als ein oder zwei Tage geblieben.

Matilde beantwortete Amandas Fragen nicht. Es sah so aus, als wollte sie etwas sagen, aber dann überlegte sie es sich wohl anders. Sie räumte den Tisch ab und trug das Geschirr hastig in die Küche. Amanda hörte die Spülmaschine laufen. Das Geräusch hatte für sie etwas Endgültiges, Bedrückendes. In weniger als drei Stunden würde sie nichts mehr mit Chanson du Lac zu tun haben. Dann hieß es Lebewohl sagen. Sie würde das Haus nie wiedersehen.

Als sie in die Küche ging, lief die Spülmaschine noch, aber Matilde war nirgends zu sehen. Sie ist wohl beim Packen, dachte Amanda. Bei Matilde mußten sich in den Jahren, die sie hier lebte, eine Menge Sachen angesammelt haben. Aber wo waren Rick und Ellen? Amanda wollte gerade nach oben gehen und nachsehen, ob Ellen in ihrem Zimmer war, als sie bemerkte, daß die Tür, die von der Küche aus in den Keller führte, leicht angelehnt war. Von irgendwo dahinter hörte sie jemanden ihren Namen rufen.

Sie ging vorsichtig zu der Tür und machte sie weiter auf. Sie spähte in die Finsternis hinab. Während sie oben an der Kellertreppe wartete, fing ihr Herz wie wild zu klopfen an. Und dann hörte sie die Stimme wieder.

„Amanda! Amanda!"

Sie konnte nicht erkennen, ob es ein Mann oder eine

Frau war, ein Junge oder ein Mädchen. Die Stimme klang irgendwie unecht, als ob jemand versuchte, sie zu verstellen.

Amanda dachte gar nicht daran, in den stockdunklen Keller hinabzusteigen. Sie blieb auf der obersten Stufe stehen und wartete, ob derjenige, der da unten war, sich zu erkennen geben würde. Wenn nicht, wollte sie jemanden holen, der sie hinunterbegleitete. Es war ihr egal, wer – Matilde, Rick oder gar Michael Blake.

Plötzlich wurde sie von einem aufblitzenden Lichtstrahl dermaßen geblendet, daß sie nichts mehr sehen konnte. Und als sie die Hand nach dem hölzernen Geländer zu ihrer Rechten ausstreckte, verlor sie das Gleichgewicht und stolperte die Stufen hinunter.

Und da ging das Licht aus.

Einen Moment lang konnte Amanda nur die gleißenden Lichtpunkte sehen, die noch vor ihrem inneren Auge tanzten. Sie hielt sich eine Hand vor die Augen und stolperte weiter die Holztreppe hinab. Sie fing sich gerade noch, bevor sie stürzte, und nun konnte sie überhaupt nichts mehr sehen, auch keine winzigen flimmernden Sternchen mehr.

Sie war von völliger Dunkelheit umschlossen, als wäre ihr ganzer Körper in eine schwarze Decke gehüllt. Als ihre Augen sich allmählich an das Dunkel gewöhnten, griff sie nach dem hölzernen Geländer und zog sich die Stufen hinauf, indem sie vorsichtig einen Fuß vor den anderen setzte.

Sie sah den Umriß der Tür, die jetzt geschlossen war. Einen entsetzlichen Moment lang dachte sie: Und wenn sie abgeschlossen ist? Angenommen, jemand hat mich hier runtergelockt und dann eingesperrt?

Ein furchtbarer Gedanke. Ach was, das war ja albern und unvernünftig. Sie wußte, was sie zu tun hatte – sie mußte die Tür da oben erreichen, sie aufmachen und eine Taschenlampe suchen, falls oben bei der Treppe kein Lichtschalter war. Irgendwo war das blendende Licht hergekommen. Derjenige, der ihren Namen gerufen hatte, mußte noch da unten sein, wenn auch die Stimme jetzt schwieg.

Zweimal blieb sie stehen und lauschte. Sie wollte es auf keinen Fall wagen, in der Finsternis jemanden zu suchen . . . Der Lichtschalter! Die Taschenlampe! Dann mit Matilde oder lieber mit Rick oder, wenn sie keinen von beiden dazu überreden könnte, als letzten Ausweg mit Ellen, in den Keller zurückkehren.

Amanda hatte alles geplant. Nun konnte sie nicht schnell genug aus dem Keller kommen. Sie stieß dankbar einen tiefen Seufzer aus, als sie die Tür erreichte und an dem Knauf drehte.

Die Planung, die vernünftigen Gedanken, mit denen sie sich zu beruhigen versucht hatte – alles war umsonst.

Denn die Tür zur Küche war abgeschlossen.

15

Das konnte doch nicht wahr sein! Sie hatte sich in ihrer Panik vorgestellt, daß die Tür verschlossen war, und nun befand sie sich noch im Bann dieser Einbildung – das redete sie sich ein, als sie den Türknauf umklammerte und noch einmal daran drehte.

Er gab nicht nach. Er ließ sich weder zur einen noch zur anderen Seite auch nur einen Millimeter bewegen.

Amanda versuchte sich zu besinnen, wie die Tür ausgesehen hatte, als sie gemerkt hatte, daß sie angelehnt war. War da ein Riegel, den jemand hätte vorschieben können, nachdem sie auf die oberste Treppenstufe getreten war? Vielleicht hatte er es getan, als sie sich mühte, das Gleichgewicht zu halten? Da hatte sie sich nur darauf konzentriert, nicht zu stürzen, und auf nichts anderes geachtet.

Sie fing an zu rufen. Ihre Stimme hob und senkte sich, als sie Matildes Namen rief; denn wenn jemand in der Küche war, dann konnte es nur Matilde sein. Aber die Frau war zum Ausgehen angezogen, als Amanda sie das letzte Mal gesehen hatte. Matilde war mit der Küchenarbeit fertig, und es war unwahrscheinlich, daß sie sich danach noch länger dort aufhielt.

In Amanda stieg Panik auf. Aber es war sinnlos, jetzt hysterisch zu werden. Sie wußte, daß da unten jemand war, jemand, der sie gerufen hatte und sich irgendwo versteckte und wartete, um...

Wartete, um was zu tun?

Sie warf sich an die Tür und hämmerte dagegen, bis ihr die Hände weh taten. Sie rief Matildes Namen wieder und wieder, bis sie heiser war. Sie schrie aus Leibeskräften, hielt zwischendurch einen Augenblick inne, um zu horchen, holte tief Luft und schrie von neuem.

Während einer dieser kurzen Pausen hörte sie aus einer entfernten Kellerecke ein Geräusch. Es war ein lautes, klirrendes Geräusch, als ob etwas hingefallen sei. Sie rief hinunter, aber wer auch immer dort im Dunkeln war, er antwortete nicht.

Sie konnte jetzt wieder klarer denken. Irgendwo mußte Licht sein! Und wenn sie sich sehr vorsichtig bewegte und nicht in eine neue Falle tappte, müßte sie es finden.

Als ihre Hand einen Lichtschalter an der Wand berührte, wäre sie vor Erleichterung fast in Tränen ausgebrochen. Sie drückte auf den Schalter. Nichts geschah. Der Strom war offensichtlich abgestellt.

Es war sinnlos, da stehenzubleiben und den Schalter an und aus zu drücken oder um Hilfe zu rufen, wenn ja doch niemand kam. Sie drehte sich um und spähte in die dunkle Höhle hinab. Ganz hinten, hoch oben an der Wand, war ein Fenster, ein schmales Achteck, das an diesem trüben, nieseligen Tag nur eine Spur heller war als die Wand drumherum.

Das Fenster konnte ihr aber nicht helfen. Sie würde es nicht erreichen, auch nicht mit Hilfe eines Stuhls, einer Trittleiter oder eines sonstigen Möbelstücks, das sich vielleicht finden ließ. Sie hatte nicht vor, einen Sturz zu riskieren.

Lächerlich, an die Gefahr eines Sturzes zu denken, wenn doch gar nichts da war, wovon sie hinunterfallen konnte! Sie sollte sich lieber überlegen, wie sie oben jemand auf ihre heikle Lage aufmerksam machen könnte, und beten, daß dies nicht die Person war, die sie in diesen dunklen, dumpfigen Keller gesperrt hatte. Bei dem Gedanken an Ratten und andere kleine Lebewesen, die sich im Keller der Villa Chanson häuslich eingerichtet hatten, wurde ihr vor Entsetzen ganz schlecht. Sie lauschte, aber sie hörte nichts – kein Rascheln oder leises Quieken.

Eins zu null für mich, dachte sie unsinnigerweise. Sie würde allmählich den Verstand verlieren, wenn sie sich nicht angestrengt um Selbstbeherrschung bemühte. In diesen weitläufigen Kellerräumen mußte es mehr als eine Tür geben. Die mußte sie finden!

Im Kellergeschoß des Hauses hatte jeder Flügel sein eigenes Fundament, so daß es fast wie ein Irrgarten war, aus dem Amanda einen Ausweg finden mußte. Sie hatte den Teil des Kellers, der sich unter der Küche befand, verlassen und stand nun unter dem Eßzimmer. Die Speisekammer hatte einen kleinen Aufzug. Falls jemand dort in der Nähe war, würde er sie bestimmt hören, wenn sie laut genug rief.

Aber niemand hörte sie...

Als sie um eine Ecke bog, kam sie zu einem anderen Fenster, das ebenfalls zu hoch war, um es zu erreichen. Gleich darauf stolperte sie über etwas, und Hoffnung ließ ihren Herzschlag stocken.

Stufen! Sie hatte die Kellertür gefunden, die ins Freie führte.

Sie merkte es, als sie mit der Hand über die schräge, hölzerne Fläche fuhr. Während eines Sommers, den sie hier als Kind verbracht hatte, war bei Madame zeitweise ein Mann beschäftigt gewesen, der alle möglichen Arbeiten verrichtete und auch als Gärtner tätig war. Mr. Scolamino – der Name fiel Amanda sofort wieder ein. Komisch, dachte sie, wie man sich an die belanglosesten Dinge erinnern und die wirklich wichtigen vergessen kann. Sie hatte Mr. Scolamino gelegentlich den Rasen mähen und die Sträucher beschneiden sehen. Er war im Keller ein und aus gegangen, wo die Gartengeräte aufbewahrt wurden, und die Kellertür hatte er offengelassen.

Danke, Mr. Scolamino, sagte Amanda im stillen.

Doch wenig später erkannte sie, daß sie keinen Grund hatte, dem Mann zu danken. Sie bekam die Kellertür nicht auf.

Sie strengte sich an wie noch nie in ihrem Leben. Sie zog und zerrte, bis ihre Hände, ohnehin schon wund vom vielen Hämmern, versagten. Sie hätte sich auf der Stelle auf die Stufen fallen lassen und vor Enttäuschung heulen mögen.

Doch etwas gab ihr die Kraft, weiterzugehen, wobei sie vorsichtig versuchte, allen Hindernissen auszuweichen. Dieser Teil des Kellers war mit allem möglichen Gerümpel vollgestopft: ausrangierte Möbel, von Altkleidern überquellende Kartons, eine altertümliche Nähmaschine . . . In dem schummerigen Licht von dem Fenster über ihr konnte Amanda diese Gegenstände undeutlich erkennen.

Als sie wieder um eine Ecke bog, geriet sie in eine Sackgasse. Hier ging es nicht weiter. Jenseits der Mauer lag das freie Gelände des Grundstücks Chanson du Lac, aber Amanda hatte keine Hoffnung mehr.

Seit sie im Keller war, hatte tiefe Stille sie umgeben. Jetzt merkte sie, daß das Schweigen gebrochen war. Sie stöhnte entsetzt auf. Das Geräusch hallte übermäßig laut, als sei es hundertfach verstärkt.

Was sie hörte, war das Fließen von Wasser. Ein Irrtum war ausgeschlossen. Und es war nicht das Tröpfeln eines Wasserhahns, sondern eine Strömung über ihrem Kopf, wo Rohre an der hohen Decke entlangliefen und in den altmodischen Heizkessel mündeten.

Irgendwo mußte dort ein Wasserrohr sein. Aber was konnte sie tun, wenn sie es fand? Wie konnte sie die Flut von womöglich kochend heißem Wasser anhalten?

Aber nein, es konnte nicht brühend heiß sein! Sie und Rick hatten beide entdeckt, daß der Boiler bloß zu bestimmten Tageszeiten funktionierte. Ein schwacher Trost, dachte sie. War es etwa angenehmer, bequem zu sterben?

Denn sterben würde sie. Es gab keine Flucht aus diesem Gefängnis, in das man sie geworfen hatte. Das Wasser würde steigen und steigen, und sie würde in diesem schauerlichen, kalten, dumpfigen Keller ertrinken, und es würde vielleicht Tage dauern, bis man sie fand.

Tage? Wer würde sie finden? Am Abend würden alle fort sein – Rick und Ellen und zweifellos auch Matilde Gerard. Sie mochten sich über Amandas Verschwinden wundern, zumal es um Geld ging, aber ob sie sich genug aus ihr machten, um eine gründliche Suche vorzunehmen?

Tränen des Selbstmitleids quollen ihr aus den Augen. Sie wischte sie fort. Es war ihr egal, daß sie schmutzige Hände hatte und sich das Gesicht beschmutzte. Was machte das jetzt noch aus?

Sie hätte gern gewußt, wie spät es war. Aber selbst wenn es hell genug gewesen wäre, um ein Zifferblatt zu erkennen, es hätte nichts genützt, denn sie hatte keine Uhr bei sich; sie hatte sie oben in ihrem Zimmer auf der Kommode liegenlassen. Sie hatte keine Ahnung, wie lange sie schon in diesem schrecklichen feuchten Keller war. Es kam ihr wie Stunden vor. Es war bestimmt schon längst Zeit für Madames Erben, sich im Musikzimmer zu versammeln.

Ob sie Amanda nicht vermißten? Ob keiner fragte: „Wo ist Amanda?"

Sie kauerte sich oben an der Treppe ganz dicht an die Tür. Ohne sich etwas davon zu versprechen, aber so verzweifelt, daß sie es einfach noch einmal versuchte, öffnete sie den Mund und schrie, so laut sie nur konnte.

Als wäre das ein Signal gewesen, gingen im Keller die Lichter an.

16

Jemand hatte in der Küche oder im Geräteraum den Schalter angeknipst – zweifellos derselbe, der ihn vorher ausgeknipst hatte.

Amanda griff nach dem Türknauf, um daran zu rütteln, damit derjenige, der sich auf der anderen Seite der Tür befand, auf sie aufmerksam wurde. Der Knauf ließ sich mühelos bewegen, sie konnte ihn ganz nach rechts drehen – und die Tür ging quietschend auf.

Als sie in die Küche trat, waren ihre Augen noch nicht auf den Kontrast zwischen Finsternis und Helligkeit eingestellt. Blinzelnd tastete sie sich zum nächsten Stuhl und klammerte sich an die Lehne. Als ihr Blick klarer wurde, sah sie, daß die Küche leer war.

Sie hatte keine Ahnung, wie die elektrische Schaltung in einem so großen Haus wie Chanson du Lac funktionierte. Sie ging auf Zehenspitzen durch die Küche, als fürchtete sie, eine falsche Bewegung könnte das Haus in Finsternis hüllen.

Aber wo waren die anderen? Es war totenstill. Leise ging sie durch die Speisekammer und durch die Diele zur Haustür. Neben der Tür stand ein Koffer, vermutlich Matildes. Rick und Ellen waren wie Amanda mit Umhängetaschen angereist. Dieser Koffer war ein ausgesprochen altmodisches Gepäckstück aus weichem Leder und von starken Riemen gehalten. Matilde wollte anscheinend keine Zeit verlieren. Sobald das Testament verlesen war, würde sie das Haus verlassen, ohne noch einmal die Treppe hinaufzugehen.

Die Standuhr auf dem ersten Treppenabsatz schlug dreimal. Da wußte Amanda, daß sie nicht ganz eine Stunde im Keller verbracht hatte. Und es dauerte noch immer eine gute Stunde, bis sie die Villa Chanson verlassen konnte. Sie wünschte, die Zeit würde schneller vergehen.

Wo waren die anderen? Was hatten Ellen und Rick gemacht, während sie in dem schauerlichen Keller eingeschlossen war, daß sie ihr Rufen und Hämmern nicht gehört hatten?

Sie ging die paar Schritte ins Musikzimmer, um einen letzten Blick hineinzuwerfen, bevor sich alle dort versammelten, um zu hören, was eine herrische alte Dame ihnen hinterlassen hatte. Amanda hatte sich nie Gedanken über Madames Reichtum gemacht. Sie hatte einfach angenommen, daß es Geld geben würde. Nach dem, was sie durchgemacht hatte, schien es ihr sauer verdient.

Das Musikzimmer war jetzt aufgeräumt. Die Notenhefte waren wie vorher gestapelt, aber als Amanda sie näher betrachtete, stellte sie fest, daß sie neu geordnet waren. Oben auf jedem Stapel lagen andere Blätter als beim letzten Mal.

Das Bild des irischen Mädchens war nirgends zu sehen. Es war durch das Bild eines hübschen Indianermädchens ersetzt worden. Der Titel des Liedes lautete: *My Little Redwing*.

Im ganzen Zimmer herrschte Ordnung. Die Instrumente waren weggestellt, der Tisch unter dem Fenster beiseitegeschoben worden, und das altmodische harfenähnliche Instrument war nirgends zu sehen.

Gegenüber einem niedrigen Podest war eine Reihe

Stühle im Halbkreis aufgestellt. Zweifellos würde Roger Platt auf dem Podest stehen, wenn er vorlas, was Madame angeordnet hatte. Amanda hatte Mr. Platt nur einige Male gesehen, als er zur Villa Chanson kam, während sie dort war. Sie wußte nichts von ihm, außer daß er jung war. Sie erinnerte sich, daß Matilde das mit brummiger Stimme bemäkelt hatte.

Für eine kleine Weile würde er in ihrer aller Leben eine wichtige Rolle spielen, und dann würde Amanda ihn nie wiedersehen. Er würde in ihrer Erinnerung verblassen wie Matilde und die Villa Chanson und der flüchtige Bekannte Michael Blake. Und Ellen und Rick? War ihre Freundschaft mit ihnen zu Ende, wenn der Tag vorüber war?

Sie war so in den Gedanken an die Trennung von den Stantons vertieft, daß sie die Schritte in der Diele nicht hörte. Als jemand sie ansprach, erschrak sie, und einen Schrei unterdrückend, schnellte sie herum.

Matilde, die noch immer zum Ausgehen angezogen war, sagte vorwurfsvoll: „Es ist noch eine Stunde hin. Vorher hast du hier nichts zu suchen, Fräuleinchen."

„Haben Sie was dagegen, daß ich so lange hier bleibe? Gibt es einen Grund, warum ich mich nicht in diesem Zimmer aufhalten kann?"

Sie hatte nicht gewollt, daß ihre Stimme unverschämt klang. Sie hatte Matilde nie eine patzige Antwort gegeben, wenn sie geschimpft hatte. Aber Amandas Nerven waren zum Zerreißen gespannt. Sie zitterte noch von ihrem Erlebnis im Keller und war überzeugt, daß Madames Haushälterin diejenige war, die ihr diese schreckliche Tortur angetan hatte.

Sie starrte Matilde ins Gesicht. „Sie waren es, nicht wahr? Sie haben es getan!"

Was immer die Frau dachte und fühlte – sie zeigte es nicht. Ihr Gesicht wurde wie eine Maske, und ihre Augen wurden ausdruckslos.

„Ich weiß nicht, wovon du sprichst."

„Ich spreche davon", sagte Amanda eisig, „daß ich im Keller eingesperrt wurde, nachdem jemand mich hinuntergelockt hatte, jemand, der den Strom abstellte, so daß alles dunkel war, und der Geräusche machte, die sich so anhörten, als ob der Keller überschwemmt werden würde. Als derjenige beschloß, es sei Zeit für mich, herauszukommen, ließ er mich frei. Eigentlich ist mir nichts passiert, außer daß ich mich halbtot gefürchtet habe."

Sie war ganz außer Atem. Wenn die Frau diese letzte Gemeinheit zugeben würde, wäre es nicht schwer, von ihr ein Geständnis zu bekommen, daß sie auch hinter all den anderen schrecklichen Vorfällen steckte.

Aber Matilde gab nichts zu. Sie hatte noch immer den glasigen Blick, und ihr Mund war so verkniffen, daß es schien, als würde er nie mehr ein Wort von sich geben.

„Sagen Sie mir", bat Amanda, „warum alles, was hier

vorging, gegen mich gerichtet war! Uns bleiben noch etwa fünfzig Minuten. Wenn ich den Grund für diese ganzen Vorfälle wüßte . . ."

Und dann sprach Matilde. Der glasige Blick verschwand aus ihren Augen, die jetzt zu flackern begannen. „Ich glaube nichts davon, kein bißchen davon glaube ich! Du hast von der Minute an gelogen, wo du hier reinspaziert bist. Willst du wissen, was ich von dir denke? Gut, ich werd's dir sagen. Ich glaube, du bist ausgeflippt."

Amanda klappte das Kinn herunter. Sie beugte sich ein wenig vor, als wolle sie sich vergewissern, daß sie tatsächlich richtig gehört hatte.

‚Ausgeflippt'. Wo um alles in der Welt hatte Matilde diesen Ausdruck aufgeschnappt?

Matilde war offenbar dem Zusammenbruch nahe. Alles, was sich in ihr aufgestaut hatte, strömte auf einmal hervor, und sie sprach beinahe zusammenhanglos in einem Kauderwelsch aus Englisch und einem französischen Dialekt mit Redewendungen, die Amanda nicht verstand.

Matilde befand sich offensichtlich an der Grenze zur Hysterie.

Amanda packte die Frau bei den Schultern und schüttelte sie unsanft. „Beruhigen Sie sich", sagte sie, aber ihre Stimme kam gegen die Matildes kaum an. „Wenn es irgendwas gibt, das Sie mir sagen wollen . . ."

„Nein, nein! Es gibt nichts, gar nichts!"

„So kommen wir nicht weiter. Sie haben mir schon zuviel gesagt, um jetzt aufzuhören, aber zuwenig, als daß ich mir einen Reim darauf machen könnte. Matilde, wer hat mir all diese schrecklichen Sachen angetan? Ich weiß, daß Sie es wissen! Es bleibt nicht mehr viel Zeit bis vier Uhr, und ich habe keine Angst, daß mir bis dahin noch etwas passiert. Ich bin nicht einmal sicher, daß mir wirklich etwas zustoßen sollte. Was hatte das alles zu bedeuten?"

Die Frau stammelte: „Es war für sie – immer für sie . . . Und wo ist sie jetzt?"

„Tot", tastete Amanda sich vor. „Sie sprechen doch von Madame?"

Aber Matilde fuhr rasch fort, als reiche die Zeit nicht mehr, um alles zu sagen, was sie loswerden wollte.

„Es ist dieser Mann! Den konnte ich nie leiden. Und dann das Haus. Ich wollte alles machen, wie Madame es gewünscht hat. So schien es am besten, ich sah keinen anderen Weg."

Sie schluchzte auf. „Verpfuscht! Seinetwegen ist alles verpfuscht . . . Alles ist falsch gelaufen! Wie Madame das gehaßt hätte! Aber ich habe mein Bestes getan, obwohl ich überhaupt nicht damit einverstanden war."

„Was hätte Madame gewünscht?" fragte Amanda. „Sagen Sie es mir, Matilde!"

„Die Verwaltungsgebäude! Sie fand sie widerlich! Das

war der Ruin unserer ruhigen kleinen Stadt. Arme Madame!“ Matilde schüttelte traurig den Kopf. „Das Haus! Sie hatte solche Angst, daß es in falsche Hände geraten könnte und abgerissen würde, um Platz für solche Hochhäuser hier am Seeufer zu schaffen. Sie glaubte, sie hätte alles so geregelt, daß es nie so weit kommen könnte.“ Matilde begann leise zu weinen, und es hörte sich an, als breche ihr das Herz. „Alle ihre Pläne sind schiefgelaufen.“

„Matilde ...“ Amanda sprach ganz sanft mit der weinenden Frau. „Sie ist doch tot, nicht wahr? Und seit mehr als einem Jahr auf dem Elm-Grove-Friedhof begraben?“

Matildes Kopf fuhr hoch, und sie rief: „Aber natürlich! Wie könnte es anders sein?“ Dann schien sie zu verstehen, und ihr Gesichtsausdruck veränderte sich. „Du denkst wohl an die nächtlichen Besuche einer fremden Frau in deinem Zimmer, wie? Das war natürlich nicht Madame.“

„Sie waren es!“

„Non!“

Diese Verdächtigung schien Matilde mehr aufzuregen als alles Bisherige. Ihre Reaktion war beängstigend. Nachdem sie dieses eine Wort hervorgestoßen hatte, schien sie zu keinem weiteren mehr fähig. Ihre Lippen waren blau angelaufen; sie öffneten und schlossen sich, brachten jedoch kein Wort hervor. Ihre Augen waren tief in die Höhlen gesunken.

Sie standen nur wenige Schritte voneinander entfernt. Amanda lief rasch zu ihr, denn Matilde brauchte unbedingt frische Luft. Die Fenster im Musikzimmer waren groß und schwer. Amanda glaubte nicht, daß sie sie öffnen und gleichzeitig Matilde stützen könnte. Durch die Haustür ließe sich die Frau schneller und leichter an die Luft bringen, damit sie durchatmen konnte.

Als Amanda Matilde zur Tür bugsierte, stieß Matilde nur ein einziges Wort hervor. „Madame", sagte sie wieder und wieder. Sie konnte sich kaum auf den Beinen halten, und Amanda hatte plötzlich Mitleid mit ihr. Diese energische und beherrschte Frau wurde vor ihren Augen krank und hilflos.

Endlich waren sie draußen, und Amanda drückte Matilde in einen Korbsessel. Zufällig kam ihr dabei der Anlegesteg mit den vertäuten Booten in den Sinn. Sie schaute in die Richtung des Stegs und – erstarrte.

17

Es war, als sehe sie eine Szene aus einem Gruselstück durch einen dichten Schleier. Im Nebel hatten die zwei Gestalten auf dem Steg etwas Unwirkliches, Gespenstisches.

Kein Laut war zu hören, nicht weil der Nieselregen alle Töne verschluckte, sondern weil eine der Gestalten Ellen war. Sie hatte den Mund weit geöffnet, als ob sie schrie, und doch konnte man nichts hören.

Die andere Gestalt, die mindestens einen Kopf größer war, trug einen straff gegürteten Regenmantel, und es war zunächst schwer zu sagen, ob es ein Mann oder eine Frau war. Aber bei dem Versuch, Ellen ans Ende des Stegs zu zerren, fiel der Regenhut herunter, und Amanda erhaschte einen Blick auf das Gesicht. Und da wußte sie, wer ihr die alptraumhaften Erlebnisse beschert hatte.

Matilde war aufgestanden und hielt sich am Verandageländer fest. Sie stieß einen Protestschrei aus, doch die Szene auf dem Steg ging weiter, und das Gerangel der beiden wurde heftiger.

Amanda rannte zum Steg und streifte unterwegs ihre Schuhe ab. Sie spürte das nasse Gras unter ihren Füßen kaum. Alles erschien ihr unwirklich wie ein wiederkehrender Traum. Es war ein Tag wie dieser gewesen, als Carla vor acht Jahren Ellen vom Steg gestoßen hatte, aber damals hatte das jüngere Mädchen nicht gemerkt, daß jemand hinter ihr war. Es hatte wie ein Unfall aussehen sollen, als sie in den See fiel.

Diesmal wehrte sie sich. Sie bekam einen Arm frei und versuchte auf ihre Angreiferin einzuschlagen, doch die Frau war größer und stärker als sie. Sie schob ihre

Hände unter Ellens Arme und zog sie immer näher zum Rand des Stegs. Die beiden bemerkten Amanda nicht, die auf sie zurannte, und hörten auch ihre Rufe nicht.

Es war wie eine entsetzliche Pantomime, wie ein Traum, in dem sie sich verständlich machen wollte und es nicht konnte, wo sie schnell zu laufen versuchte und nicht von der Stelle kam.

Die beiden befanden sich jetzt am Rand des kurzen Stegs. Amanda sah, wie Ellen hochgestemmt wurde, und für einen Augenblick schien es, als ob sie mitsamt der Frau, die sie gepackt hatte, ins Wasser fallen würde. Aber nur Ellen kippte zur Seite und fiel mit lautem Platschen in den See.

Matilde stieß einen Schrei aus. Auf einmal waren noch andere Stimmen da, aber Amanda versuchte gar nicht erst, sie zu erkennen. Sie wartete, daß Ellen an die Oberfläche kam, damit sie nicht auf ihr landete, wenn sie hineinsprang.

Als die durchnäßten Haare auftauchten, trat Amanda ein paar Schritte vor und sprang neben der Stelle ins Wasser, wo das Mädchen spritzte und japste – und seine Lungen voll Wasser pumpte.

Amandas Rock behinderte sie sehr. Als sie an die Oberfläche kam, breitete er sich wie ein Ballon um sie aus. Die Haare fielen ihr in die Augen. Sie schob sie aus dem Gesicht, während sie Wasser trat und sich nach Ellen umsah.

Sie war nur wenige Meter von Amanda entfernt. Sie strampelte in panischer Angst und erhöhte damit die Gefahr zu ertrinken. Ihre Hände griffen ins Leere, und sie ging wieder unter.

Amanda mußte sie retten – die arme kleine Ellen, die vor lauter Angst vor dem Wasser nie schwimmen gelernt hatte!

Mit kräftigen, gleichmäßigen Stößen schwamm Amanda zu ihr. Ellen streckte die Hände aus, packte Amandas Schulter und umklammerte ihren Hals. Ihr Griff war so fest, daß Amanda keine Luft mehr bekam. Während sie sich bemühte, sie beide über Wasser zu halten, war sie in Gefahr zu ersticken, denn in ihrer Panik drückte Ellen Amanda die Luftröhre mehr und mehr zu.

Amanda mußte sie schlagen. Ihr blieb nichts anderes übrig. Sie ballte die Hand zur Faust und zielte auf Ellens Kinn. Es war kein harter Schlag, aber Ellen ließ daraufhin los. Sie wehrte sich nicht, als Amanda sie am Kragen ihrer Bluse packte und mit ihr ans seichte Ufer schwamm. Dort legte sie das bewußtlose Mädchen auf den Sand und brach neben ihr zusammen.

Rechts von ihr und über ihr waren Geräusche. Stimmen hoben und senkten sich; sie hörte rennende Schritte auf dem Holzsteg und dann andere, patschende. Jemand sagte: „Der einen ist nichts passiert. Aber aus der hier müssen wir das Wasser rauskriegen.

Das mache ich. Gehen Sie inzwischen zu meinem Wagen und melden Sie das über Sprechfunk. Hier, die Schlüssel.“

Es war eine fremde Stimme. Wieder hörte Amanda Schritte, und als sie sich aufsetzte, sah sie Ellen flach auf dem Boden liegen, und ein Mann, der ihr irgendwie bekannt vorkam, machte Wiederbelebungsversuche.

Amanda versuchte aufzustehen, sank jedoch kraftlos zurück. In ihrem Kopf drehte sich alles. Als sie sah, daß Ellen sich rührte, hätte sie vor Freude weinen können. Der fremde Mann fuhr fort, seine Hände mit gleichmäßigem Druck auf Ellens Rippen zu pressen.

Es war noch jemand da. Michael Blake war zu seinem Wagen gegangen, um seiner Zeitung eine erste Kurzmeldung über den Unfall durchzugeben, und nun war er wieder hier. Matilde wirkte ganz verzweifelt. Aber Rick war nirgends zu sehen. Amanda blickte mit gerecktem Hals zum Steg hinüber, aber Rick war nicht da. *Und Carla auch nicht.*

Michael fing mit konzentrierter Miene eifrig zu schreiben an. Amanda sagte etwas zu ihm, aber er reagierte nicht. Sie sprach lauter, worauf der Mann, der Ellen nun zwang, sich aufzusetzen, ihr antwortete.

„Aus dem kriegen Sie nichts raus, Miss. Ich bin Pete Gregory, Grundstücksmakler. Ich hab mir den Besitz hier hin und wieder angesehen. Sie haben sich sicher darüber gewundert. Ich wollte zur Stelle sein, falls das

Haus nach der Testamentseröffnung zum Verkauf stünde. Ein Glück, daß ich gerade hier war. Ich wollte später mit Ihnen oder jemand anders sprechen. Ich hab 'nen guten Draht zu Roger Platt, aber wie ich höre, gehört er gar nicht zu den Erben. Verdammtes Pech!"

Amanda starrte ihn ungläubig an. Ein Mädchen wäre fast gestorben. Jemand hatte versucht, Ellen umzubringen. Und dieser Mann sprach seelenruhig, als wäre nichts Besonderes geschehen, über seine Geschäfte!

Michael Blake hörte ganz kurz zu schreiben auf, um Mr. Gregory zu fragen, ob er wüßte, wie alt das Haus sei und ob es einen bestimmten Namen hätte.

Amanda blickte sich verzweifelt um. Carla Bonheur hatte versucht, ein hilfloses Mädchen zu ertränken, und nun lief sie davon ... Aber sie konnte noch nicht weit gekommen sein.

Und wo war Rick?

Wo war er gewesen, als dies alles passierte?

Michael Blake machte eine Schreibpause, ging zu seinem Auto und kam mit einer Decke zurück. Amanda lehnte kopfschüttelnd ab, und er gab die Decke Mr. Gregory, der sie um Ellen wickelte. Alles war wie bei einem bedauerlichen Unglücksfall. Er würde, wie alle Unfälle, der Polizei gemeldet werden, falls Michael es nicht schon getan hatte. Amanda erinnerte sich nur zu gut, wie man damals den See nach Carlas Leiche abgesucht hatte. Und sie war die ganze Zeit am Leben gewesen und hatte sich versteckt gehalten!

Amanda hockte sich neben Ellen. Das Mädchen sah zu ihr auf, mit ausdruckslosen Augen, die nicht verrieten, was sie dachte und fühlte. Amanda nahm Ellens schlaffe Hand und rieb sie sanft. Plötzlich war sie furchtbar wütend, sie richtete sich gerade auf und fuhr Mr. Gregory an: „Ellen wurde gestoßen, wissen Sie! Carla hat sie in den See geworfen! Haben Sie das nicht gesehen?"

Er sagte, er hätte lediglich gesehen, wie ein Mädchen sich bemühte, ein anderes zu retten. Er war näher gekommen, um zu sehen, ob sie es schaffte.

„Sie hat sie gestoßen", beharrte Amanda. „Genau wie vor acht Jahren. Damals war es nur ein gemeiner Streich. Diesmal wollte sie, daß sie ertrinkt."

Matilde hatte händeringend Worte und Sätze geplappert, die keinen Zusammenhang hatten. Jetzt trat sie zu der kleinen Schar, die sich um Ellen versammelt hatte. „Es war ein Unfall!"

Alle drehten sich zu ihr um. Michaels Stift hielt inne, und Mr. Gregory zog eine Pfeife aus der Tasche und steckte sie in den Mund, ohne sie anzuzünden.

„Sie ist auf dem Steg gestolpert. Carla war überhaupt nicht in ihrer Nähe." Matilde deutete anklagend auf Amanda. „Sie will bloß Ärger machen."

Amanda rief: „Das ist nicht wahr!"

Matildes Stimme war ganz ruhig. Wenn man sie so im

leichten Nieselregen stehen sah, nicht mehr wie eine gespenstische Gestalt, sondern ganz die gleichmütige, treue Dienerin, war es kaum zu fassen, daß sie eine ungeheuerliche Lüge auftischte.

„Die ist verrückt“, sagte Matilde. „Das werden Sie schon sehen, wenn Sie sich näher mit ihr unterhalten. Sie hat den Verstand verloren, und vielleicht erzählt sie Ihnen von ihren verrückten Einbildungen, daß eine Frau von den Toten auferstanden ist, die vor einem Jahr begraben wurde, oder daß sie Musik gehört hat, die nicht von menschlichen Händen gespielt wurde, oder daß ihr jemand nach dem Leben trachtete. Ist das etwa nicht das irre Geschwätz einer Wahnsinnigen?“

Amanda hörte mit wachsendem Entsetzen zu. Sie wurde puterrot im Gesicht und wußte, daß sie dadurch schuldbewußt wirkte. Das stumme Starren der anderen war schlimmer als offene Vorwürfe.

Sie erschauerte. Es waren nicht nur die nassen klebenden Kleider und der leichte Regen, die sie frösteln machten. Der Nieselregen hatte nachgelassen; sie konnte den Steg jetzt ziemlich deutlich sehen und blickte in ihrer Verzweiflung ständig dorthin. Sie wollte einfach nicht glauben, daß Rick nirgendwo in der Nähe war, und sie hoffte, daß er jeden Augenblick auftauchen würde, um zu bestätigen, daß alles stimmte, was sie erzählt hatte.

Etwas war verändert an dem kurzen hölzernen Steg,

der ins Wasser hineinragte, aber Amanda wußte nicht, was es war. Vielleicht wirkte er nur im Regen anders als sonst. Sie hatte keine Zeit, sich darüber den Kopf zu zerbrechen. Matilde redete unentwegt und erzählte Mr. Gregory von der „Wunderlichkeit" des Mädchens, von Amandas Phantastereien, daß ihr Leben in Gefahr gewesen, daß sie im Keller eingesperrt worden sei und daß jemand sie fast das Treppenhaus hinuntergestoßen hätte.

Hatte sie Matilde von dem letzten Beinahe-Unfall erzählt? Es spielte jetzt keine Rolle. Sie hatte Matilde genug berichtet, um deren Behauptung zu bekräftigen. Sie konnte es nicht abstreiten. Ihr Mut sank, als ihr das klar wurde.

Sie hatte niemanden, der ihr beistand und bestätigte, daß sie die Wahrheit sagte. Die beiden Männer, auf die Matilde einredete, waren mit ihren eigenen Angelegenheiten beschäftigt. Mr. Gregory würde bestimmt alles hinnehmen, was irgendwer ihm erzählte, wenn derjenige zufällig in der Lage war, ihm zu einem günstigen Grundstück zu verhelfen.

Michael Blake würde Matilde ihre Version von den Vorfällen in der Villa Chanson du Lac abnehmen, weil die Story von einer verrückten Erbin in dem alten Haus einen erstklassigen Artikel abgäbe.

„Und darum", sagte Matilde soeben, „rate ich jedem, der mich fragt, daß dieses bedauernswerte Geschöpf dahin gebracht wird, wo sie weder sich noch anderen schaden kann."

„O nein!" rief Amanda, ohne daß es ihr bewußt war. Sie wußte nicht, wohin sie sich wenden, wohin sie fliehen sollte. Wohin sie auch ging, sie mußte sich ihren Anklägern stellen.

Ellen stand plötzlich auf und zog die Decke um sich. Ihr Mund bewegte sich, wie er es manchmal tat, wenn sie etwas sagen wollte und entmutigt war, weil sie es nicht konnte.

Diesmal aber konnte sie. Mit lauter und deutlicher Stimme sagte sie: „Sie hat mich gestoßen!"

18

Nach einem Augenblick verblüfften Schweigens rief Matilde aus, ein Wunder sei geschehen. Sie wiederholte es wieder und wieder, und dann senkte sie die Stimme und murmelte vor sich hin: „*Le bon Dieu.*" Fast wäre sie auf die Knie gesunken, doch dann taumelte sie zu Ellen und berührte sie, als könne sie nicht glauben, was sie gehört hatte.

Amanda starrte stumm auf das Mädchen, das gesprochen hatte, nachdem es acht lange Jahre nicht dazu imstande gewesen war. Amanda versuchte gar nicht zu begreifen, was geschehen war. Ellen hatte gesprochen! Das allein war wichtig.

Ellen stand da in ihren tropfenden Kleidern und lächelte, als sei sie unendlich stolz auf sich. Amanda wagte nicht, sie zu bedrängen, noch mehr zu sagen, aus Angst, daß es vielleicht nur ein einmaliger Ausbruch war, der sich nicht wiederholen würde.

Die beiden Männer blickten von einem Mädchen zum anderen. Es war Michael Blake deutlich anzumerken, daß er eine Menge Fragen hatte, aber er stellte sie nicht, als er Amandas Gesichtsausdruck sah. Mr. Gregory runzelte verwundert die Stirn.

„Ich rate Ihnen, sorgen Sie dafür, daß das Mädchen trockene Sachen anzieht", sagte er. „Sonst holt sie sich eine Lungenentzündung. Am besten stecken Sie sie für eine Weile ins Bett. Geben Sie ihr was Heißes zu trinken."

Während er Ellen fester in die Decke wickelte, wollte Amanda ihm sagen, daß zu alledem keine Zeit war. Aber sie konnte nicht aufhören zu zittern, und als sie zu sprechen versuchte, klapperten ihre Zähne so aufeinander, daß man sie nicht verstehen konnte. Es war fast, als hätten sie und Ellen die Rollen getauscht. Jetzt konnte sie nicht sprechen; aber sie zwang sich, die Worte hervorzubringen, während sich die kleine Schar auf den Weg zum Haus machte.

„Ellen!" Amandas Stimme zitterte. „Wo ist Rick?"

Das Mädchen blieb stehen. Ihre Lippen formten die Worte sorgfältig wie ein Kind, das sprechen lernt, und sie sagte: „Ich weiß es nicht."

„Ich habe ihn seit Stunden nicht gesehen! Ellen, bitte, ich mach mir Sorgen um ihn! Bald ist es vier Uhr, aber darum geht es nicht allein. Er würde nicht so lange wegbleiben, wenn er wüßte, daß ich . . ., daß ich . . ."

Sie hatte sagen wollen, „daß ich in Gefahr war", aber Michael Blake lief mit Stift und Papier hinter ihr her, und auch Mr. Gregory, der Ellen beim Gehen stützte, entging nichts von dem, was gesprochen wurde.

„Lassen Sie sie lieber in Ruhe", riet er Amanda. „Sie wollen sie doch nicht noch mehr aufregen."

„Aber es ist wichtig!" Amanda war ganz verzweifelt. „Jemand könnte . . ." Sie stellte sich vor Ellen hin und ging dann rückwärts, damit sie das Mädchen im Blick hatte. „Wo warst du, als wir dich gesucht haben?"

„Das Haus ist groß", sagte Ellen, die Worte wieder bedächtig formend. „Und es gab einiges, was ich herausfinden mußte. Ich wollte sichergehen. O ja, Amanda, ich wußte, daß ihr mich suchtet. Und was Rick betrifft, ich habe ihn nicht gesehen, seit er mit Carla weggegangen ist."

Amanda hatte das Gefühl, als sei ein eisiger Wind über sie hinweggefegt und hätte ihren ganzen Körper erstarren lassen.

„Carla!"

Sie sprach den Namen in heiserem Flüsterton und hörte, wie Matilde ihn wiederholte. Die Frau fing sogleich an, Carla in Schutz zu nehmen. Sie lief plappernd neben den anderen her. Amanda versuchte, nicht hinzuhören, aber sie konnte ihre Ohren nicht verschließen. Matilde behauptete hartnäckig, daß Carla an allem Übel schuldlos sei.

Schließlich wurde sie von Ellen unterbrochen. „Sie ist weggelaufen – vorläufig. Aber sie ist bestimmt wieder da, wenn das Testament verlesen wird. Und wenn Sie recht haben, Matilde . . .“ Sie sprach den Satz nicht zu Ende. Sie wurde von einem heftigen Schüttelfrost befallen. Selbst mit Mr. Gregorys Hilfe hatte sie Mühe, die Treppe hinaufzukommen.

Die Standuhr auf dem Treppenabsatz schlug vier, als Amanda und Ellen ins Musikzimmer gingen. Sie hatten geduscht und saubere Blusen und lange Hosen angezogen. Ihre frisch gewaschenen und gebürsteten Haare glänzten.

Matilde war schon da. Sie saß in einer Ecke und blickte nicht auf, als die beiden Mädchen eintraten. Ihr Gesicht war ernst und besorgt, als ob sie mit einem schwierigen Problem nicht fertig würde.

Michael Blake und Mr. Gregory warteten im Arbeitszimmer. Michael war gespannt auf das Ende seiner Story, und der ältere Mann war anscheinend fest entschlossen, sich nichts von dem entgehen zu lassen, was jetzt noch kommen würde.

Schließlich erschien Roger Platt. Die Haustür war nicht abgeschlossen, und er marschierte mit dem selbstsicheren Auftreten eines Menschen ins Zimmer, der weiß, wo er sich befindet und warum er dort ist.

Er war ein großer Mann mit dichten lockigen Haaren und einem länglichen Gesicht, dem nur Winzigkeiten fehlten, um attraktiv zu sein. Augen, Nase und Mund standen zu dicht beisammen, und sein Kinn war zu lang.

Er begrüßte die anderen mit einem knappen „Da wären wir also!", legte seinen Aktenkoffer vor sich auf den Tisch, schloß ihn auf und entnahm ihm ein paar Papiere.

Jetzt sprach er etwas länger. Er eröffnete seinen Zuhörern, daß er nun den Letzten Willen von Madame Solange Bonheur verlesen würde. Er nannte das Datum, an welchem das Testament abgefaßt worden war, und erläuterte gewisse Bedingungen, unter denen das Erbe angetreten werden konnte.

Er ließ seinen Blick kurz durch den Raum schweifen. Amanda, die ihn ein paarmal gesehen hatte, als sie jünger war, wunderte sich, wieso ihr nie aufgefallen war, daß er, obwohl er auf den ersten Blick gut aussah, eigentlich ein unangenehmer Typ war.

Er hatte eine klanglose, näselnde Stimme. Er erklärte,

unter welchen Umständen die im Testament erwähnten Vermächtnisse nicht angetreten werden konnten.

„Aufenthalt im Gefängnis oder in einer Heilanstalt. Nichterscheinen bei der Testamentsverlesung. Wenn ein Erbe ausfällt, wird das ihm vermachte Geld auf die übrigen aufgeteilt."

Amanda schob ihre Hand in die Ellens und drückte sie. Sie fühlte die Spannung des Mädchens und hätte sie gern getröstet. Es war zweifelhaft, ob Rick rechtzeitig auftauchte, um der förmlichen Verlesung des Testaments durch Roger Platt beizuwohnen. Und wenn er nicht käme, würden ihr und Ellens Anteil größer sein. Das wollte sie nicht. Sie wünschte, daß die Spannung, die Sorge um Rick endlich aufhörten, und daß sich die unheilvolle Atmosphäre, die sich im Musikzimmer ausgebreitet hatte, auflösen würde.

Sogar der selbstgefällige Mr. Platt schien darauf bedacht, die Angelegenheit so schnell wie möglich hinter sich zu bringen. Er kramte in seinen Papieren, fand das gesuchte und sagte: „Ach, da ist es ja."

In diesem Augenblick wurde es draußen in der Diele unruhig. Streitende Stimmen waren zu hören, die eine schrill, die andere tief und barsch. Mr. Platt hörte zu sprechen auf. Aller Augen wandten sich zur Tür. Zwei Menschen kamen herein. Rick umklammerte das Handgelenk eines Mädchens und zog sie – keineswegs sanft – hinter sich her . . .

Und so sah Amanda Carla nach acht Jahren wieder. Die Haare hingen ihr ins Gesicht, ihre Miene war verzerrt, als sie sich von Rick loszureißen versuchte. Sie stieß seltsame Kehllaute aus, fast wie ein Tier, das in einer Falle gefangen ist. Plötzlich warf sie den Kopf zurück und blitzte Roger Platt an, dem der Kiefer heruntergeklappt war. Die Papiere fielen ihm aus der kraftlosen Hand, und er stieß hervor: „Was ist passiert?"

Sie befreite sich schließlich von Rick und keifte Roger Platt an: „Du hast alles verpatzt, das ist passiert! Du mit deinen schlauen Plänen! Du hast gesagt, es wäre ganz einfach! Die eine kommt in die Klapsmühle, und der andere ist verhindert, rechtzeitig zu erscheinen. Und die da", sie warf Ellen einen feindseligen Blick zu, „diese kleine Schnüfflerin hat zuviel rausgekriegt. Wäre sie bloß im Wasser geblieben!"

Amanda schlug die Hände vor die Augen, als könne sie die schreckliche Erkenntnis abhalten, die über sie hereinbrach. Jetzt wußte sie, wo Carla in den vergangenen acht Jahren gewesen war. Sie war in der Villa Chanson du Lac ein und aus gegangen, wenn sie etwas von Matilde wollte, die alles für Carla getan hätte. Vielleicht war sie auch mit Roger Platt zusammen, der zweifellos in sie verliebt war und wohl hoffte, daß sie ihn heiraten würde.

Amandas Blick wanderte von einem zum anderen,

und sie merkte, daß Carla den Glauben an ihre Fähigkeit, sich mit Charme aus jeder unangenehmen Lage herauszuwinden, nicht verloren hatte.

„Rick", sagte Carla, indem sie ihn schräg von der Seite ansah, „du weißt, daß ich bloß Spaß gemacht habe. Du hast doch nicht im Ernst geglaubt, daß ich dich ohne Ruder mitten auf dem See lassen würde, oder? Weißt du noch, wie wir uns als Kinder immer Streiche gespielt haben?"

„Schöner Streich!" Er hörte sich wütend an. Er betastete behutsam seinen Hinterkopf.

„Wie kommst du darauf, daß ich dir das abnehme?" Dann wandte er sich an alle Anwesenden: „Ich hatte den Verdacht, daß sie hier in der Nähe ist. Den ganzen Vormittag hab ich versucht, ihr auf die Spur zu kommen. Schließlich hab ich sie gefunden. Leider", fügte er wehmütig hinzu. „Sie hatte sich mit einem Paddel in der Hand im Bootshaus versteckt."

Alle im Raum, und auch die an der Tür, hörten atemlos zu. Dann schob sich ein untersetzter Mann ins Zimmer. Er trug eine graue Jacke und hielt eine Mütze in der Hand. Auf seiner Brust glitzerte ein Abzeichen. Er machte ein grimmiges Gesicht.

„Hab die Nachricht über Sprechfunk gekriegt, aber ich hätte nie gedacht, daß ich auf so was stoßen würde." Er sah alle der Reihe nach an, dann fiel sein Blick auf Carla. „Ich muß Sie festnehmen, Miss." Er kratzte sich am Kinn und schien angestrengt nachzudenken. „Soweit ich feststellen konnte, haben Sie und Ihr junger Freund", er machte eine Kopfbewegung zu Roger Platt, „den Jungen da k. o. geschlagen. Einer von Ihnen hat ihn dann zur tiefsten Stelle des Sees gerudert und ihm die Ruder weggenommen. Dann ist er mit dem anderen Boot ans Ufer zurückgefahren."

Da fiel Amanda ein, daß ihr der Steg im Nebel irgendwie verändert vorgekommen war. Die Boote hatten gefehlt!

Der Polizist sagte streng: „Tja, Sie sind verhaftet, Miss. Ihr Freund auch. Ich hab zwar noch nicht alle Einzelheiten zusammen, aber es sieht ganz nach einem Überfall aus, wenn nicht nach versuchtem Mord."

Carla fing zu kreischen an. Sie schien jeden Rest von Selbstbeherrschung verloren zu haben. „Ich sage Ihnen, es war bloß ein dummer Streich! Ich wollte ihm die Ruder zurückbringen, aber dann kam mir jemand mit einem Motorboot zuvor."

Amanda brachte es nicht über sich, sie anzusehen, als Carla sagte: „Ich will wissen, was mit meinem Anteil an dem Geld passiert!" Ihre Stimme klang bedrückt. „Ich will alles, was Großmama mir vermacht hat!"

11 9072 - 11

19

Endlich wurde das Testament verlesen. Michael Blake, entschlossen, mitten im Geschehen zu bleiben, rief Roger Platts Kollegen Robert Grace an. Der Mann machte ein verblüfftes Gesicht, als er erfuhr, was in der Villa Chanson du Lac vorgefallen war, doch seine Stimme schwankte kaum, als er den Letzten Willen vorlas, der vor einigen Jahren verfaßt worden war.

Das Testament enthielt nichts Aufregendes oder Erstaunliches. Madame hatte das Haus mitsamt der Einrichtung „meiner guten Freundin und treuen Dienerin Matilde Gerard“ hinterlassen. Sie machte zur Bedingung, daß es nie verkauft werden durfte, mochten die Angebote auch noch so verlockend sein. Madame, der die überall entstehenden Verwaltungsblöcke verhaßt waren, hatte alles so arrangiert, daß das Grundstück nicht zur Schaffung von Bauplätzen für Hochhäuser am Seeufer zerstört werden konnte. Für den Unterhalt von Chanson du Lac sollte ein Treuhandvermögen angelegt werden, das von Matilde verwaltet werden sollte.

Amanda warf einen Blick auf die Haushälterin, die ein Gesicht machte, als wäre ihr eine Million Goldmünzen in den Schoß gefallen. Das war es, was sie ersehnt und nicht zu hoffen gewagt hatte! Ein einsames Leben in dem Haus, in dem sie so lange gewohnt hatte, war alles, was Matilde sich wünschte. Wenn Carla aus ihrem Leben verschwand, würde sie zweifellos glücklicher sein.

Amanda war überzeugt, daß Matilde nicht ins Gefängnis mußte. Sie war keine Verbrecherin. Sie war für niemanden eine Bedrohung. Das würden die Behörden bestimmt einsehen.

Die vier jungen Leute waren in dem Dokument nur kurz erwähnt. Jeder sollte zwanzigtausend Dollar erhalten, unter der Bedingung, daß sie für die Ausbildung verwendet und nicht leichtfertig verschwendet würden. Die Verwendung des Geldes, das jemand, der nicht anwesend war, bekommen sollte, war ebenfalls geregelt. Sein Anteil sollte auf die anderen aufgeteilt werden. Das hatte Roger Platt vorgeschlagen. Als Amanda das jetzt wieder hörte, ging ihr erst richtig auf, was es bedeutete.

„Zwanzigtausend!“ rief Rick. „Heiliger Bimbam! Madame hat's ja wirklich dicke gehabt. Sie wußte, daß ein Studium heutzutage ein kleines Vermögen kostet. Eigentlich war sie doch ein nettes altes Mädchen, nicht?“

Sie vertrieben sich die Zeit im Salon, denn ihr Bus fuhr erst um neun Uhr. Rick hatte den Kühlschrank geplündert und für alle Brote gemacht. Matilde protestierte, aber er ließ nicht zu, daß sie irgendwas tat; sie sei doch jetzt eine reiche Erbin, meinte er scherzend, und Essen machen sei unter der Würde einer Persönlichkeit von ihrem Rang.

Ellen lief immer wieder zu dem Spiegel über dem Kamin und sprach leise hinein. Sie wollte wissen, wie sie beim Sprechen aussah. Rick wollte etwas sagen, aber Amanda schüttelte den Kopf. „Es ist so lange her. Laß ihr das Vergnügen."

Er schwieg eine kleine Weile, dann aber gewannen Neugier und Ungeduld die Oberhand, und er sagte: „Nun komm schon, wir haben lange genug gewartet. Wir haben dich geschont, weil wir dachten, du bist zu durcheinander, um darüber zu reden. Leg los, Schwesterchen!"

Ellen fragte: „Was wollt ihr wissen?"

Rick erwiderte: „Alles."

Sie holte tief Luft. „Das Wichtigste wißt ihr ja schon. Carla wollte das ganze Geld ihrer Großmutter für sich. Wenn wir anderen nicht rechtzeitig zur Testamentsverlesung dagewesen wären, hätte sie es geschafft. Vorausgesetzt natürlich, daß sie selbst da war. Ihr habt ja gehört, daß jeder, der sich im Gefängnis oder in einer Heilanstalt aufhält, vom Erbe ausgeschlossen ist. Darauf wollte sie hinaus. Sie hatte geplant, Rick und mich daran zu hindern, rechtzeitig im Musikzimmer zu sein, und Mandy sollte für geisteskrank erklärt werden."

Amanda erschauerte. „*Sie* war das also, die als Madame verkleidet nachts in meinem Zimmer war! Das war ganz einfach. Sie gleicht ihrer Großmutter, und in Madames Kleidern, und bei dem trüben Licht . . . Und Carla konnte schon immer gut Theater spielen."

„Sie hat im Turmzimmer weinende Geräusche gemacht", ergänzte Rick. „Wir haben dort Fußabdrücke gefunden, zwei verschiedene. Also muß Matilde ihr geholfen haben."

Bei diesem Gedanken trübte sich die Stimmung ein wenig. Arme Matilde, dachte Amanda. In ihrer Zuneigung zu der Enkelin ihrer geliebten Herrin hatte sie sich zu etwas verleiten lassen, das ihrer wahren Natur widerstrebte.

Es heiterte sie ein wenig auf, als Rick sagte: „Aber jemand hat dich gerettet, als du fast die Treppe hinuntergefallen wärst, Mandy. Ich bin gespannt, ob das bei der Vernehmung alles ans Licht kommt."

Die beiden Mädchen machten verständnislose Gesichter. Matilde war nicht verhaftet worden. Ob man sie festnehmen würde, hing von Carla ab, die vielleicht in diesem Augenblick gerade verhört wurde. Oder von Roger Platt, diesem Schwächling, der wohl schon in Carla verliebt gewesen war, als sie noch ein Kind war, und der sich allzu bereitwillig auf ihre bösen Pläne eingelassen hatte.

Ellen sagte: „Ich habe eine Menge gehört, was nicht für meine Ohren bestimmt war. Wenn man nicht sprechen kann, meinen manche Leute, daß man auch taub ist. Und in diesem Haus gibt es viele Stellen, wo man sich verstecken kann. Ich habe gehört, was sich zwischen Carla und Matilde abgespielt hat, aber einmal haben sie mich erwischt. Das war, als Carla die Schnur über die Treppe gespannt hat. Sie hat Matilde versprochen, daß du dir nicht weh tun würdest. Du solltest dich bloß erschrecken. Sie sagte, das würde ihre Aussage unterstützen, wenn Mandys Unzurechnungsfähigkeit zur Sprache käme. Darauf lief alles hinaus. Ich wußte es, konnte aber nichts sagen. Carla drohte mir, sie würde mich sonst umbringen, und ich habe ihr geglaubt."

Das war noch nicht alles. Rick und Amanda warteten, und schließlich fuhr Ellen fort: „Ich konnte es euch also nicht sagen. Ich hatte Angst, sie würden dahinterkommen, wenn ich was aufschriebe. Deshalb habe ich versucht, es euch auf andere Weise mitzuteilen."

Rick und Amanda sahen sie schweigend an, und sie sagte ein wenig verdrossen: „Die Noten. Ich dachte, ihr würdet durch die Titel der Lieder draufkommen. Ich hab sie so hingelegt, daß ihr sie nicht übersehen konntet. Alle, die was mit Heim oder Heimat zu tun hatten. *Home on the Range* und *Home Sweet Home*. Und dann noch andere, wie *Come Back to Erin*. Ihr solltet daraus erraten, daß Carla nach Hause gekommen war."

Rick und Amanda sahen sich an und brachen in Lachen aus. Als sie sich wieder beruhigt hatten, fragte Amanda: „Aber wieso Charlene? Du hast doch den Zettel für uns hingelegt, oder?"

Ellen machte ein verlegenes Gesicht. „Ich muß zugeben, das war ziemlich weit hergeholt. Aber mit den Noten hatte ich nichts erreicht. Ihr seid einfach nicht draufgekommen. Also, Carla ist die weibliche Form von Carl. Und Carl und Charles sind derselbe Name in verschiedenen Sprachen. Und Charlene ist die weibliche Form von . . ."

„. . . von Charles." Rick stöhnte. „Das ist allerdings weit hergeholt, mein Herz. Hört sich an wie höhere Mathematik, und das war schon immer mein schlechtestes Fach."

Er stand auf, trat zu Ellen und umarmte sie. „Mach dir nichts draus, Schwesterchen. Hat eben nicht geklappt. Ich nehme an, jetzt kennen wir die ganze Geschichte."

„Noch nicht", widersprach Amanda. „Ein paar Sachen sind noch zu klären. Das mit dem Parfüm ist wohl nicht so wichtig. Carla muß die Flasche fallen gelassen haben, als sie sich in Madames Schlafzimmer umzog. Aber da war noch was viel Schlimmeres. Man hat mich in den Keller gesperrt! Irgendwo war Wasser, und ich hätte . . . ich hätte in diesem gräßlichen düsteren

Keller ertrinken können."

Bei der Erinnerung bedeckte sie ihr Gesicht mit den Händen. Ellen sagte tröstend: „Carla hat für ein paar Minuten die Hauptleitung abgestellt, und als sie sie wieder anstellte, hat es gerauscht. Sie hat mich erwischt, als ich in der Küche die Sicherung für die Kellerbeleuchtung einschraubte, und sie war so wütend, daß ich dachte, sie würde mich auf der Stelle umbringen. Ich bin weggelaufen und hab mich im Bootshaus versteckt, aber sie hat mich gefunden. Sie hat mich ans Ende des Steges gezerrt und – nun, den Rest kennt ihr."

„In ihrem Wutanfall hat sie wohl alles vergessen – das Testament, Amanda im Keller, mich mitten auf dem See", sagte Rick leise. „So war sie immer, wißt ihr. Typisch Carla – dieser Egoismus, diese Wut, wenn ihr was gegen den Strich geht."

Amanda sah ihn an, und in ihren Augen breitete sich ein helles Leuchten aus.

„Aber ich dachte, du und sie . . ."

„Ach was!" Er grinste übers ganze Gesicht. „Eher schon du und ich." Dann wurde er wieder ernst. „Das war Kinderkram, das mit Carla und mir. Da bin ich schon lange drüber weg, schon kurz nach unserem letzten Besuch hier."

Sie blickten sich dermaßen versunken in die Augen, daß sie erschraken, als Ellen fragte: „Wollt ihr den Rest nicht hören? Ich denke, ihr könnt es nicht erwarten."

„Die Musik!“ erinnerte sich Amanda. „Wo kam die Musik her, wenn niemand im Zimmer war?“

Ellen fragte mit aufreizender Langsamkeit: „Habt ihr noch nie was von einer Äolsharfe gehört?“ Auf das Kopfschütteln der beiden erklärte sie: „Die ähnelt in Form und Größe einer Zither. Es ist das einzige Instrument, das ich kenne, das ohne Hände spielen kann. Wenn man sie vor ein offenes Fenster stellt, fährt der Wind hindurch und macht traurige Musik. Madame hat sie anscheinend vor ein paar Jahren in Europa erstanden. Carla und Matilde wußten, wie man damit umgeht. Sie dachten, damit könnten sie dich verrückt machen, Amanda. Das war es, was du mitten in der Nacht gehört hast. Ich hatte gehofft, du würdest selbst dahinterkommen, weil ich wußte, was Carla mir antun würde, wenn ich es verriete. Und fast ist es ihr gelungen“, fügte sie schlicht hinzu.

Sie stand auf, und Amanda fragte: „Wo willst du hin?“

„Ich geh mein Zeug zusammenpacken.“

„Aber du hast doch schon alles gepackt“, meinte Amanda verwundert. „Ich hab dir geholfen, erinnerst du dich nicht mehr? Und deine Tasche steht da hinten an der Tür.“

Mit einem geheimnisvollen Lächeln auf den Lippen ging Ellen aus dem Zimmer. Amanda drehte sich verwirrt zu Rick um. „Jetzt weiß ich, warum man uns fünf

Tage zu früh hierherbestellt hat. Sie brauchten Zeit für ihre Tricks, mit denen sie beweisen wollten, daß ich ... daß ich ..., wie heißt das? Ach ja, daß ich unzurechnungsfähig bin. Ausgeflippt, hat Matilde gesagt. Den Ausdruck hat sie bestimmt von Carla gehört. Aber warum hat Ellen uns hier allein gelassen? Oh!" rief sie aus, als ihr ein Licht aufging.

„Ja", sagte Rick. „Oh! stimmt genau ... Ist ein kluges Kind, meine Schwester. Sie merkt, wenn zwei Menschen gern allein sein wollen."

Er trat zu ihr, nahm ihre Hand und hielt sie ein paar Sekunden lang fest. Dann sagte er impulsiv: „Nach allem, was ich durchgemacht habe, verdiene ich wohl mehr, als bloß eine Hand zu halten."

Amanda sagte lachend: „Du Ärmster!" Und dann war keine Zeit mehr für Worte. Er küßte sie. Es war ein zärtlicher, verheißungsvoller Kuß, und in diesem Augenblick schienen die Schatten sich aufzulösen, die in dem großen alten Haus lauerten, und Amanda wußte, daß sie diese drückende Last nie mehr spüren würde.

8000 München 46 · Frankfurter Ring 150 · Wien — Zürich
Titelbild: Leandro Mazzoni
Übersetzung: Margarete Längsfeld
ISBN: 3 505 0 9072-7
Bestell-Nr.: 9072
Originaltitel: GIRL IN THE SHADOW
Erschienen bei: Scholastic Inc., New York

HABE ICH		WÜNSCHE ICH MIR
	Trixie Belden entdeckt das Haus im Moor (Band 11) Was hat die alte Dame zu verbergen?	
	Trixie Belden und der gefährliche Glücksbringer (Band 12) Geheimnisvolle Prophezeiungen erfüllen sich	
	Trixie Belden und das Geheimnis der Smaragdkette (Band 13) Was verbirgt sich in dem alten Geheimgang?	
	Trixie Belden und die verschwundene Erbin (Band 14) Eine unheimliche Doppelgängerin taucht auf	
	Trixie Belden und der ungebetene Gast (Band 15) Wer ist die Dame im Rollstuhl?	
	Trixie Belden und der Fund im See (Band 16) Ein unheimlicher Brandstifter geht um	
	Trixie Belden · Der Fall Heuschrecke (Band 17) Seltsame Ereignisse im alten Turm	
	Trixie Belden · Rätsel um ein grünes Auto (Band 18) Wo ist der verschwundene Millionär?	
	Trixie Belden · Club-Buch für Detektive	
	Trixie Belden Sammelband 1 Ein mutiges Mädchen verfolgt geheimnisvolle Spuren Dieser Sammelband umfaßt die Bände 1 und 2	
	Trixie Belden Sammelband 2 Ein wertvoller Diamant erregt Trixies Verdacht Dieser Sammelband umfaßt die Bände 3 und 4	

Gib diesen Wunschzettel Deinen Eltern oder Großeltern oder allen, die Dir gerne eine Freude machen wollen.

HABE ICH		WÜNSCHE ICH MIR
	Bille und Zottel (Band 11) Sensation in der Manege	
	Bille und Zottel (Band 12) Frühling, Freunde, freche Fohlen	
	Bille und Zottel Sammelband 1 Billes Erlebnisse mit ihrem geliebten Pony (enthält die Bände 1, 2 und 3)	
	Mit 13 hat man täglich Ärger (Band 1) Ein Mädchen sucht Freundschaft	
	Mit 14 glaubt man an die Freundschaft (Band 2) Beglückende Ferien in einer Reiterpension	
	Mit 15 wachsen einem Flügel (Band 3) Katja hat sich gemausert	
	Mit 16 tanzt man in das Leben (Band 4) Katja ist endlich am Ziel	
	Kleine Freundin Piri (Band 1) Christiane findet ein junges Kätzchen	
	Piri stellt alles auf den Kopf (Band 2) Viel Aufregung um eine Schmusekatze	
	Piri gewinnt alle Herzen (Band 3) Erlebnisse mit vier Katzenkindern	

Gib diesen Wunschzettel Deinen Eltern oder Großeltern oder allen, die Dir gerne eine Freude machen wollen.

Spannende SchneiderBücher von Tina Caspari:

HABE ICH		WÜNSCHE ICH MIR
	Bille und Zottel (Band 1) Pferdeliebe auf den ersten Blick	
	Bille und Zottel (Band 2) Zwei unzertrennliche Freunde	
	Bille und Zottel (Band 3) Mit einem Pferd durch dick und dünn	
	Applaus für Bille und Zottel (Band 4) Die Freunde veranstalten eine große Pferde-Show	
	Bille und Zottel (Band 5) Die schönsten Ferien hoch zu Roß	
	Bille und Zottel (Band 6) Gefahr auf der Pferdekoppel	
	Ein Cowboy für Bille und Zottel (Band 7) Überraschender Besuch aus Amerika	
	Bille und Zottel (Band 8) Ein Filmstar mit vier Beinen	
	Bille und Zottel (Band 9) Im Sattel durch den Sommer	
	Bille und Zottel (Band 10) Im Hauptfach Reiten	

Gib diesen Wunschzettel Deinen Eltern oder Großeltern oder allen, die Dir gerne eine Freude machen wollen.